BBN
B•BOY NOVELS

白衣は愛に染まる

JN270104

浅見茉莉

この物語はフィクションであり、実在の人物・団体・事件等とは、いっさい関係ありません。

CONTENTS

白衣は愛に染まる

救急車のサイレンが止まってドアが開くと同時に、待ちかまえていた看護師たちによって、患者を乗せたストレッチャーが院内へ誘導されていく。

進行方向から足早に近づいてくるがっしりとした長身の影に気づいて、看護師のひとりが叫ぶ。

「宇堂《うどう》先生、お願いします！」

先ほど三時間に及ぶ手術を終えたばかりの外科医・宇堂将悟《しょうご》は、シャワーを浴びて着替えを終え、医局に戻ったばかりだったが、急患の搬送《はんそう》連絡に、自ら診察を名乗り出てやってきたのだった。

「心電図《ECG》と酸素投与。血管確保《ルート》したら、すぐ検査に回して。あと、カテーテル室に連絡入れておいて」

低く呻《うめ》いて身を丸める患者の容体を鋭い目で一瞥《いちべつ》し、将悟は逞《たくま》しい頸《くび》に張りつく濡《ぬ》れた髪を掻《か》き上げながら、素早く指示を出す。

「ニトロール口内噴霧《ふんむ》も」

「はい！」

処置室に運び込まれる患者の後を追って入室し、心エコーを行いながら救急隊員に確認する。

「発症は十四時十分？」

初老の患者はオフィスで倒れたらしい。

「はい。その少し前から、痛みを堪《こら》えるような様子だったそうですが」

エコーの所見で大動脈乖離《かいり》の線は消えたのを確認し、将悟は頷《うなず》いた。続いて心電図のモニターが映し出すデータを確かめると、心筋梗塞《しんきんこうそく》特有の波形の変化が現れている。

広範囲のST上昇……左主幹部《LMT》か……？

時刻はちょうど午後四時を回ったところ。

急性心筋梗塞治療のゴールデンタイムは、六時間と言われている。一刻も早い治療が必要とされる疾病《しっぺい》だった。

「カテーテル室、準備できました」

血管造影《けっかんぞうえい》検査で閉塞《へいそく》箇所を確定するために、患者を心臓カテーテル室に送り出す。

すでに待機していた内科医が、さっそく処置を始めた。

「……LMT……ですね。狭窄《きょうさく》五十パーセント、かな」

モニターを見ながらの内科医の言葉を受けて、将悟は背後にいた看護師を振り返り短く告げた。

「バイパス《CABG》オペ準備」

「え……、はい！」

一瞬戸惑《とまど》うように目を瞠《みは》った看護師は、慌《あわ》てて内線電話を手にした。

「宇堂先生、さっきオペが終わったばかりじゃないですか。他の先生にお願いしては？」

続けざまの手術は、途方もなく体力と精神力を消耗《しょうもう》する。将悟を気づかっての内科医の提案だったが、将悟は首を振った。

「だいじょうぶですよ。ここまで診《み》たんですから、最後まで治療します」

きりりとした眉《まゆ》の下で、切れ長の目がモニターの明かりを反射する。

「じゃあ、先にオペ室に行きますから」

椅子《いす》から立ち上がった将悟は羽織《はお》っていた白衣を脱ぐと、ケーシーの広い背中を見せてドアの向こうに消えた。

「……タフだなあ。あのバイタリティには驚かされるよ」

呟《つぶや》いた内科医は、慎重にカテーテルを患者の体内から抜き取っていく。

看護師も感心したように頷いて同意した。

「しかも宇堂先生、今夜は当直なんですよね……」

「マジかよ？……まあ、ああいう人が患者にとってはいい医者なんだろうな」


院内の喧噪《けんそう》から離れた、管理棟の最上階最奥《さいおう》の一室。

夕刻に空港へ降り立った朝霞洵《あさかじゅん》は、真《ま》っ直《す》ぐここへとやってきた。

一年間のアメリカ留学は、出立《しゅったつ》前に予想していた以上に短かった。学ぶべきことは限りなく、それなのに時間は容赦なく過ぎていく。寝る間も惜《お》しむような毎日だったが、洵にとっては今までいちばん充実感に溢《あふ》れた日々だった。

通常は二年三年、それ以上の期間に及ぶこともめずらしくないだけに、わずか一年で切り上げることは心残りばかりだった。もっと勉強を続けたいと期間延長を願い出たものの、しかし院長である父には聞き届けてもらえなかった。

「じゃあ、来週からということで、勤務スケジュールに組み込んでもらうようにしておこう。それでいいいな?」

就労の書類に目を通して、院長は顔を上げる。

テーブルを挟んで向かいのソファに座った洵は、不承不承《ふしょうぶしょう》頷いた。

最終的に帰国に同意したのは他でもない洵自身だけれど、帰国早々に顔を合わせているというのに、留学の感想を訊《たず》ねるひと言もなく、出てくる言葉が今後の病院経営の話ばかりでは、意気消沈もするというものだ。

無理を言っても留学を続ければよかった――そんな後悔が湧《わ》き上がってくる。

「――洵」

内心が如実《にょじつ》に顔に表れていたのだろう。院長の指がソファのアームを苛立《いらだ》たしげに叩《たた》いた。

「なにか不満があるなら、はっきり言ったらどうだ」

一年の間にしわ深くはなったものの、往年の名心臓外科医は、変わらぬ鋭い眼光で息子を睨《にら》む。

どうせなにを言ったって、自分の方針は変えないくせに。

それがわかっているからこそ、今まで父の言うことに従ってきた。そしてそのたびに、一度も反旗《はんき》を翻《ひるがえ》せない自分が歯がゆく情けなくもあった。

父のやり方が最終的には正しいのだろうと思う気持ちもあるし、後継ぎである自分の将来は、自分ひとりのものではないという意識もある。けれど――。

「俺はまだ二十九です。内科医と名乗るのもおこがましい。今はまず、一人前になることに専念するべきだと思います」

ようやく口にした言葉だったが、院長はわずかに片眉を上げただけだった。

「当然、勉強はするに越したことはないだろうな」

「じゃあ、なぜ――」

「なにを甘えてる」

留学を延長させてくれなかったのかと、問いかける途中で一蹴《いっしゅう》される。

「医者であることだけで満足するな。同時に経営者としての勉強にも意欲を見せるくらいの気概《きがい》を持て」

洵は唇を噛《か》んだ。

病院経営から逃げているつもりはない。けれどそれが、なぜ今すぐでなければならないのか。もしかしたら父は、医師としての洵にはさほどの期待を抱いていないのだろうか。双子の妹も医師になっていることだし、洵はまず経営者であればいいと？

しかしそんな問いは口にできず、前以上にもやもやした気持ちを抱えながら、洵は院長室を辞した。


冠動脈《かんどうみゃく》バイパス手術を終えた将悟は、管理棟への長い通路へと角を曲がった。まもなく消灯時間を迎える院内は、人の行き来も減って靴音《くつおと》が響く。

一日に二度の手術はさすがに疲労を感じたが、それで患者の命が救えたことを思えばどうということもない。むしろ自分はこうした現場の日々を送りたくて、この病院にやってきたのだ。

将悟がここ成和病院《せいわびょういん》の院長の強い誘いを受けて、英啓大医学部付属病院《えいけいだいいがくぶふぞくびょういん》から移ってきたのは一年近く前、三十三歳のときのことだった。

外科医として脂《あぶら》が乗った時期にさしかかり、英啓大医学部付属病院心臓血管外科内で若手の中心的なメンバーとして充実した医療の日々を送る一方で、大学病院特有の派閥《はばつ》争いに嫌気が差していた。

患者を治療することこそ医者の本分であると考えている将悟には、権力争いの渦《うず》に巻き込まれることは、時間の無駄でしかない。しかしどこかに属さないことには、院内での医師としての仕事まで奪われていく。

特に教授の椅子などに興味があるわけでもないし、ちょうど打診を受けていた成和病院は、診療科十二・病床数三百という手頃な規模で設備も充実していたから、いい機会とばかりに病院を移った。

実際なかなか働きやすい職場だし、院長の専門が心臓外科ということもあって、勉強になることも多い。ここに来たのは正解だったと思っている。

朝霞院長には男女の双子がいてどちらも医師になっているが、息子は内科医で現在留学中、娘は卒業した聖ヨハンナ女子医大の付属病院に勤務する小児科医《しょうにかい》だった。

だからというわけではないだろうが、院長は専門が同じ将悟をなにかと優遇してくれている。心臓疾患の患者が多く訪れる成和病院としては、次代の優秀な外科医獲得という使命もあるのだろう。

引き続き今夜は当直に入る将悟だったが、同僚と看護師たちの気づかいで、二時間の休息時間をもらえた。

一眠りさせてもらうことにするか。

そう考え、つい生あくびを洩《も》らしそうになりながら、一段照明が落とされた通路の先を見やった将悟は、こちらに向かって歩いてくる人影があることに気づいて、慌てて顔を引き締めた。

距離が近づくにつれて、少しずつその造作《ぞうさく》が明らかになる。

初めて見る顔だった。

通路の先にあるのは病院関係者用の施設棟で、一般は立ち入り禁止になっているが、そうは言っても、製薬会社の営業マンや迷い込んでしまった見舞客など、部外者が皆無《かいむ》ということもない。

しかし時刻はもう夜の九時を回ろうとしている。院内全体が、病院スタッフ以外の出入りは禁止されている時間帯だ。

それに視線の先に捉《とら》えている男は、それらには当てはまらないように見えた。

二十代後半くらいだろうか。主張しすぎないパーツが絶妙のバランスで配された容貌《ようぼう》は、見続けていればいるほど引き込まれていくような魅力がある。無駄な肉のなさそうな身体にチャコールグレイのスーツをまとって、書類袋を手にしていた。

彼の視線もまた将悟に注がれている。あまり視力がよくないのか、どこか色気さえ感じるような眇《すが》めた目が、一歩また一歩と近づくうちに見開かれていった。

緊張し戸惑っているようなその表情の変化にも、元の面立ちが整っているせいか、惹《ひ》きつけられるものを感じる。

そもそもそんな表情をさせている原因は、自分がぶしつけに見つめているせいかもしれないが、なぜか視線を外すことができない。相手も困惑の眼差《まなざ》しのままに将悟を見返している。

緊迫感と、そして得体の知れない熱のようなものを孕《はら》んだ視線の糸が、互いの間にピンと張りつめる。

息苦しささえ感じて、歩行に合わせて身体の両脇で揺れる手を、知らぬ間にきつく握りしめた。

誰だ――？　新しい医者か……研修医？

互いの距離はもう手を伸ばせば届くところまで来ていたが、まさかいきなり誰何《すいか》するわけにもいかない。

強い緊張を覚えながらも、すれ違ってしまったら視線が解けてしまうのが惜しくて、将悟の歩調はひどくゆっくりになった。

視線を絡ませ合いながら、青年が左隣を擦《す》り抜けていく。いつの間にか全身に響いていた心音が、ピークに達する。

――――。

その姿が視界から消えた瞬間、夢から覚めたように周囲の景色が浮かび上がってきて、将悟は秘《ひそ》かに息をついた。

――なんだったんだ、今のは。

本当に彼は存在したのだろうかと、数秒遅れて振り返ったときには、今までの歩行ペースが嘘のように、青年の後ろ姿はもう通路のはるか向こうを歩いていた。呼び止めるには遠すぎる。

……それに、呼び止めてどうしようって言うんだ。

もしも彼がこの病院の関係者ならば、また会うこともあるだろう。たまたま今日だけ訪れたのであれば――、それだけのことだ。これ以上気にする必要もないし、気にしてもどうなるものでもない。

そう思いながら、しかし将悟はそれからしばらくの間その場を動くことができずに、青年が消えた通路の向こうを見つめていた。

翌日の午後八時、将悟は病院から徒歩五分ほどのところにある朝霞邸を訪れた。

『たまには家庭料理でもどうだ？　ゆっくり話もしたいし』

そんな朝霞院長からの誘いだったが、彼はどうやらその席で、娘の環《たまき》を紹介する心づもりのようだ。ようやく誘致した将悟を手放さないためにか、さらなる強固な繋《つな》がりを持とうとしているらしい。

今までひたすら医療の道をひた走ってきた将悟は、恋愛や結婚というものに対して、特別これといったビジョンはない。

成和病院に特に不満はなかったし、ここで働く上で環と結婚することがより円滑《えんかつ》な環境を作るならば、それもまたいいかもしれないと思っている。

言いなりになるとか、自分の意思がないとかいうのとはまた違う。自分が仕事をしていく上で快適であれば、それ以外に関してはあまり関心がない——と言っては身もふたもないから、寛容《かんよう》であるといったところか。

当然将来は成和病院の経営陣ともなるのだろうが、トップに立つのは環の双子の兄だろうし、将悟は外科の充実に努《つと》めればいい。常に現場にいることこそが望みの将悟にとっては、願ってもない話だと言えるのだろう。

案外人生というのは、こんなふうに他人の意図によって決められて、流れていくものなのかもしれなかった。

チャイムを押した将悟は、玄関ドアの前で自分の格好を確認した。白衣をジャケットに取り替えただけだが、それほど畏《かしこ》まることもないだろう。院長が好きだという灘《なだ》の地酒と、看護師たちに評判のいい洋菓子店のケーキを手みやげに用意した。

ドアを開けてまず迎えてくれたのは、薄化粧なのにくっきりとした目鼻立ちの、凛《りん》とした雰囲気を持つ女性だった。

「はじめまして、朝霞環です。宇堂先生ですね？」

環は双子の妹で、二十九歳になる。医大を首席で卒業した才媛《さいえん》で、いずれは成和病院へ戻ってくる予定だという。

当然環へも事前に院長から打診があったのだろうが、いわゆる見合い相手のような立場だと将悟を認識していながらも、変に恥じらったり媚《こ》びたりという態度は皆無だった。まるで患者を相手にしているみたいだと、将悟は内心おかしく思いながら、しかしさっぱりとしているらしい気《き》性《しょう》に好感を持つ。

それよりも環の顔を見て一瞬面識があるような気がした将悟だったが、その後玄関に現れた院長夫人を見て、納得する。夫人には、成和病院に移ったときに一度会っていた。そのときの印象が残っていたのだろう。

「お疲れのところお呼び立てしてごめんなさいね。その分今夜は腕を振るいましたから。あら、おみやげなんてよろしいのに」

饒舌《じょうぜつ》な夫人に案内されてリビングへ向かうと、上機嫌でグラスを傾《かたむ》ける院長が待ちかまえていた。

「やあ、お疲れさま」

「遠慮なくおじゃまさせていただきました」

「いやいや。じゃあさっそく向こうへ移ろうか。腹ぺこだ」

ダイニングテーブルを囲んで、夫人の心づくしの手料理を楽しむ。

将悟に病院の印象など訊ねながら、院長は娘に将悟をアピールする。

逆に将悟に対しては売り込みがないのは、あえてその必要がないほど自慢の娘だからなのだろう。しかも将悟の立場であれば、断ることなどあり得ないと思っているだろうし。

「――で、どうかね？　うちの娘は。うまくやっていけそうか？」

酒量《しゅりょう》を過ごしたのか、それともすでに身内のような気安い感覚でいるのか、院内で接するときよりもはるかに親しげな口調で訊《き》いてくる。

「今日が初対面なのに、その質問は早すぎるわ。見も知らない相手に嫁《とつ》ぐ時代じゃないのよ」

口を開きかけた将悟よりも先に、環が答えた。

「そうですよね？　宇堂先生」

向かい側から声をかけてくる環に、将悟は苦笑して頷く他はない。

「まずはもっとお互いを知って、返事はそれからよ。私はこれからもお会いしたいと思っていますけれど、先生はいかがですか？」

物怖《ものお》じすることなく率直な言葉を発する環相手なら、変に気づかうことなくつき合えそうだった。

「今度は私からお誘いしたいと思っていますよ」

グランマルニエが香るチョコレートムースを運んできた夫人が、それまでのやりとりを聞いてころころと笑った。

「ほら、あなた。お若い方々のやり方というものがあるんです。端《はた》から口を出すのは、よけいなお世話というものですよ」

「そうか。まあ、ふたりとも気に入ってくれたようでなによりだ」

院長は特に気分を害した様子もなくグラスを置いて、今度はデザートに手を伸ばす。

そこへ、チャイムの音がした。

「あら」

「私が行くわ。洵でしょ。カギを持ってないって言ってたから」

席を立ってダイニングを出ていく環の後ろ姿を振り返っていると、

「息子が帰国したんだよ。今日は挨拶《あいさつ》回りに行くというので、夕食は外させてもらったんだが」

相好《そうごう》を崩《くず》した院長が説明した。

たしか将悟が成和病院に移ってくるのと前後して、大学病院を退職し留学に出たと聞いている。

一年で帰ってくるなんて、もったいなくて俺にはできないな。

医師として以上に経営者としての質を望まれている立場だろうから、それでかまわないのかもしれないが。

「これからは同じ職場の同僚ということになる。よろしく頼むよ」

「はい。こちらこそ」

彼に病院経営を任せられてこそ、将悟は現場に専念できるというものだ。

ドアの向こうまで足音がやってきた気配に、席を立って出迎える。

すらりとした環の背後に続くスーツの影も、上背《うわぜい》はそこそこあるがほっそりした身体つきのようだ。やがてダイニングの明かりに照らされた顔を見て、将悟は息を飲んだ。

彼が……朝霞洵――?

昨夜、病院の通路ですれ違った男がいた。縫《ぬ》い止められてしまったように外せずに、絡ませ合った視線を思い出す。

今はリムレスの眼鏡《めがね》をかけているが、もちろんそんなもので見間違うはずもない。

彼もまた、将悟がここにいることに驚き狼狽《うろた》えているように見える。

環と並んだ姿を見て、将悟は先ほど院長宅を訪れたときの既視感の真実に気がつく。環を見て誰かに似ていると思ったのは、彼のことだったのだ。

男女の双子だから、あからさまに似てはいない。しかし血の妙が織りなす面影《おもかげ》は、ディテールのそこここで重なった。

「宇堂先生、兄の洵です。専門は循環器《じゅんかんき》内科。洵、こちらが外科の宇堂将悟先生。……先生？　どうかなさいました？」

首を傾《かし》げた環に、将悟は慌てて首を振った。

「あ、いえ。宇堂です。よろしく。よく似ていらっしゃるので驚きました」

「それは褒《ほ》め言葉なのかしら？」

おかしそうに笑った環の横で、洵が緊張の面持ちで会釈《えしゃく》する。

「朝霞洵です。こちらこそ、これからお世話になります」

さらりとした髪がわずかに眼鏡にかかった。それを長い指で掻き上げる。レンズ越しにもわかる伏せた睫《まつげ》の長さに、将悟はわけもなくドキリとした。

なにやってるんだ。相手が違うだろう。

「いつまで宇堂先生を立たせておくつもりなの？　洵もお座りなさいな。デザートくらい食べられるでしょう？」

夫人の言葉に頷いて、洵は将悟の隣に座った。失礼します、という声と共に、柔らかなトワレが香る。

また会えたらと思いながら背中を見送ったけれど、正直言って再会できるとは予想していなかった。しかも今後密な繋がりを持つ相手になるとは。

おかしなことに、環を初めて見たときよりもよほど冷静さを欠いている。

なにか話しかけたかったが、家族全員が揃い、そこに気に入りの将悟が加わっていることで、院長の弁舌《べんぜつ》は止《と》まるところを知らず、全員がそれに相づちを打つ側に回らなければならなかった。

しかし院長の言葉に耳を傾けながらも、気づけば視線は隣に座る洵へと向いてしまう。そんな自分に、不可解なものを感じながら。

すっきりと鼻梁《びりょう》が通った横顔は、男のものにしてはずいぶんと繊細《せんさい》に作られている部類だろう。チョコレートムースを嚥下《えんか》した喉《のど》が上下するさまに、目を奪われた。

「――、だろう？　宇堂くん」

院長の声に、はっとして視線を戻す。

なにを見とれてるんだ、俺は。

隣の男にすっかり意識を奪われてしまったことに戸惑いながら、将悟は取り繕《つくろ》った笑みを浮かべた。

自室に引き上げた洵は、ようやく誰にはばかることもなく深いため息をついた。ベッドに腰を下ろすと、そのまま仰向《あおむ》けにひっくり返って眼鏡を外す。

まさか昨夜病院で会った男に、自宅で再会することになるとは。

ぼやけて映る白い天井《てんじょう》に、将悟の男らしく引き締まった顔が浮かぶ。

病院の通路で遠目に見たときに、なんとなく彼が、父が熱心に口説《くど》き落とした外科医なのだろうと察しはついた。留学中も折に触れ将悟の評判は聞いていたし、いつの間にか洵も、顔を合わせる前から尊敬と憧憬《どうけい》の念を抱いていたから。

偶然にもせっかく会えたのだから、挨拶くらいはしようと思っていたのに、近づいて顔がはっきり見えてくるにしたがって、わけのわからない緊張感に見舞われた。

体力勝負の外科医としても、またひとりの男性としても魅力ある長身のがっしりとした体躯《たいく》。意志の強さを感じさせる強い光を放つ目には、もちろん聡明《そうめい》さも感じられた。しかしとりわけ目を惹かれたのは、どこか野性味のある厚めの唇だった。

けっきょくひと言も発することができないまま、すれ違うだけに終わった。通り過ぎた後には、きっと挙動不審だっただろう自分が居たたまれなくて、逃げるようにその場を去った。

いや——緊張したのも、それにもかかわらずじっと見つめ続けてしまったのも、理由はわかっている。

——惹かれたのだ。

初対面の、素性《すじょう》も確認していない相手なのに。

また心臓が騒がしくなり始めたのを感じて、誰に見とがめられることもない私室にいるのに、洵は狼狽えながら身を起こした。頬《ほお》まで熱くなっているような気がして、思わず片手で覆《おお》う。

自分が同性を性愛の対象とする質なのは、もう自覚している。しかしそれを公言するつもりは毛頭ないし、知られてプラスになる立場でもないから、あんなあからさまな態度を取ったことは、今までに一度もない。

数えるほどしか行ったことはないが、同類が集まる場所でだって、積極的に振る舞えないくらいなのだ。

なのに、あんな……もしかしたら、誘うような目をしてたかもしれない……。

だからきっと、将悟も異常を感じて見つめ返していたのだろう。

後になって顔から火を噴《ふ》く思いだったし、その次には自分の嗜好《しこう》がばれてしまったかもしれないと青くなった。

よりによってあんな場所で……。

しかし、そんな保身を忘れてしまうくらい、将悟に惹きつけられてしまった。

その彼が家にいたときには、声も出ないくらい驚いた。

単純な再会の喜びと言葉を交わせた嬉《うれ》しさ、次に昨夜の自分の態度に不審を感じていないかという戸惑いなど、正負のさまざまな感情が混ざり合って、まともに目を合わせることができなくなった。

それでも、隣に座る将悟との距離の近さに胸は高鳴っていた。

テーブルに乗せられた手の、節の目立つ指や短く切りそろえられた爪《つめ》。そしてその手が動いたときに、わずかに鼻先を掠《かす》めた消毒薬の匂《にお》い――そんなものにまで、心がときめいた。

思い出して、また洵はため息をつく。

帰りに挨拶を交わしたときの将悟の態度は、きわめて友好的で安堵《あんど》したし、その後上機嫌の父が語るのを聞くまでは、洵も今後の病院勤務に単純に期待を膨《ふく》らませていたのだったが――。

環の……結婚相手だって……？

環に言わせればまだ確定ではなく、これからお互いを知って将来を決めるつもりということだが、父は大乗り気だった。

おそらくは将悟も、そのつもりでいるのだろう。兄の自分が言うのもなんだけれど、環は申し分のない娘だと思う。環と結婚することで付いてくる成和病院経営陣の椅子も、一介の医師としては魅力のあるものに違いなかった。

第一、環との縁談が持ち上がっていなかったとしても、自分と将悟の間に特別な関係が結ばれることはない。

そんなことはわかりきっているのに、やるせない気持ちが湧いてきて、項垂《うなだ》れていた洵は髪を掻き上げた。

なにを……期待していたんだ、俺は……。

将悟が、同性の自分に関心を持つなどありえない。

あの見つめ合った一瞬に、意味などなかったのだ。そう何度も自分に言い聞かせたではないか。

環との縁談があるのなら、むしろ中途半端な未練を断ちきるいい機会だと思うべきだ。

これまでどおり尊敬と、同僚として、また義理の兄弟になる者としてのごく一般的な好意を持って接していけばいい。気持ちを抑え込むことは、今ならまだ可能なはずだ。

そう思うのに——目の前を将悟の顔がちらつく。

正直言って、これほど惹かれた相手はいなかった。もちろん今までまるっきり無垢《むく》だったとは言わないけれど、恋に落ちるとか、初めての本気の恋愛だとか、会ったばかりの男を相手に思っている自分に戸惑う。

将悟の面影を振り払うように、洵は眼鏡をかけて立ち上がり、デスクに向かって本を開いた。

「あ、宇堂先生。朝霞先生と高柳《たかやなぎ》先生見かけませんでした？」

患者へのインフォームドコンセントを終えて、昼食に向かおうとしていた将悟は、外来担当の看護師に呼び止められた。

「今日はふたりともまだ見てないな。外来診察もう終わったの？」

将悟の胸の辺りまでしかない小柄な看護師は、カルテバッグを抱えて周囲を見回している。

「予約の患者さんがいらしたのに、高柳先生がまた見当たらなくて。朝霞先生には、私がカルテをお渡しするのが遅くなってしまったんです。外来の後は、病棟回ってらっしゃることが多いですよね？」

「そうみたいだね。見かけたら伝えておくよ」

病棟への通路へと向かう看護師を見送って、将悟は階段を下りていった。

洵が正式に成和病院に勤務するようになって、早くも一週間が過ぎようとしていた。

所属の科が違うこともあるし、当直のシフトも重なっていなかったので、その間に将悟が洵と顔を合わせたのは、カンファレンスの席だけだった。

ワイシャツとネクタイの上に白衣をきっちりとまとい、眼鏡越しに資料を見つめる洵は、そこにいる誰よりも清潔で禁欲的な雰囲気を醸《かも》し出していたが、ふと細い顎《あご》に指先を添えて考え込んだときの、薄く開いた唇が将悟の視線を釘付《くぎづ》けにした。

病院トップの血縁であることを誇示《こじ》することはなく万事控えめなようで、スタッフの評判もいい。加えてあの容姿であるから、特に看護師からの人気は上々のようだった。

管理棟へ繋がる渡り廊下の手前で、将悟はしゃがみ込んでいるほっそりとした白衣の背中を見つけ足を止める。向き合っているのは、パジャマ姿の五歳くらいの女児だった。

「ごはんたべちゃだめなの、あやかだけなんだよ」

大きな目を上目づかいにして、たどたどしく不満を訴える。

洵はピンクのリボンの結ばれた小さな頭を撫《な》で、困ったような微笑《びしょう》を浮かべた。

「元気になるのにごはんは大事だけど、今はまだお腹の中が栄養を取る力がないんだ。もう少ししたら食べられるようになるから、点滴で頑張ろう？　お腹はすいてないでしょう？」

「でも、つまんないよ」

「うーん……じゃあ少しお庭を散歩して、それからお部屋に行こうか」

どうやら病室を抜け出してきてしまったらしい女児の手を取って、洵は立ち上がった。

連れだって歩いていく後ろ姿を見つめながら、将悟の口元に笑みが浮かぶ。

看護師に預けてしまってもいいところだろうが、自分でフォローするつもりらしい洵に感心した。とかく慌ただしくなりがちな病院の中で、ああいう接し方も患者が求めているもののひとつだろう。

専門が外科のせいか、患者とのつき合いはどうしても手術前後だけになってしまう。最低問診アンケートには目を通すようにしているが、具体的な患者の背景については、常に言葉を交わしている内科医や看護師には敵《かな》わないと思っている。

空いた時間は、極力院内をうろつくようにはしてるんだけどな。

その自由な時間というものがなかなかなかったし、たまに声をかけてみれば、見慣れない外科医は警戒されてしまうこともあり、苦笑するしかない。

あっという間に空気のように馴染《なじ》んでしまった洵が羨《うらや》ましくもあり、自分もまた、そんな洵との時間を持ちたいものだと思った。

女児患者の気が済むまで庭を歩いた後で、洵は小児病棟の看護師に多少の報告を添えて彼女を引き渡し、遅い昼食を摂りに食堂へ向かった。

トレイを手にまばらなフロアを見渡すと、窓際の席に将悟の姿を見つけ、思わず胸が高鳴った。ケーシーの上に白衣を羽織り、お茶を飲みながら論文らしきものを読んでいる。もう食事は済んでしまったらしい。

どうしよう……行ってもいいかな……？

逡巡《しゅんじゅん》して立ち尽くしている洵に、ふと将悟の視線が向いた。軽く上がった手に、洵の足が動く。

「よろしいですか？」

「もちろん」

四人がけのテーブルの向かい側に腰を下ろすと、将悟はプリントの束を端《はし》に避《よ》けた。

「あ、どうぞ続けてください」

「どうせ資料を漁《あさ》らないと、先は読めないから。……あやかちゃんは納得して病室に戻った？」

割り箸を割ろうとしていた手を止めて、そっと向かいを見上げると、将悟は薄く微笑していた。

「……見てらしたんですか」

病院スタッフとしては当たり前の行動だったと思っているが、気づかないうちに将悟に見られていたことが少し恥ずかしい。

「偶然ね。見てるこっちまで和《なご》んできたな。朝霞先生があっという間に人気者になったのも、わかる気がする」

「そんな……」

褒められているのか、揶揄《からか》われているのか。

将悟はテーブルに置かれている急須《きゅうす》を手にすると、自分と洵の湯飲《ゆの》みにお茶を注いだ。

「留学先はシカゴだったな？　どこの病院に行ってたの？」

「ブラウンヒルです」

「ああ、シールズ教授がいるとこか」

「ええ。すばらしい方ですよ」

箸を止めて答える洵に、将悟は食べながらでいいと手振りで促《うなが》す。

「一年じゃ、あっという間だったろう。もの足りなかったんじゃないか？」

ずばり言い当てられて、すでにその件で父と一悶着《ひともんちゃく》あった洵は、苦笑を浮かべた。

物心ついたときから、医師になるのは当然のことのように思ってきたけれど、今では仕事そのものにやりがいと情熱を見出《みいだ》している。

他の仕事に就《つ》いている自分は想像がつかなかったし、これほど打ち込むこともなかったと思う。医師になるのが必然的な環境であったことに、今は感謝していた。

父の言い分もわからなくはないけれど、学びたいという欲求が高まっている今は、病院経営にまで目を向けることが、自分の時間を奪われるように感じてしまう。

もう少し先延ばしにしてほしいと願っているだけなのだ。経営もまた自分に与えられた使命だと思っているし、前向きに受け止めるつもりでいる。

けれどけっきょく逆らいきれずに唯々諾々《いいだくだく》と従って、腹の中で不満をため込んでいる自分が情けない。

そんな内面を将悟には知られたくなくて、曖昧《あいまい》に頷く。

「……そうですね。でも、帰ってきたからこそ先生とも出会えたし、よかったと思っています」

こちらを見る将悟の目がわずかに見開かれて、洵は自分が思わず口にした言葉を、頭の中で反《はん》芻《すう》して慌てた。

「あ——、優秀な方のそばにいるのは、勉強になりますから」

修正のしようがなくて、早口で補足する。

やだな……俺、赤くなってないか？

軽く流してくれればいいと思いながら、みそ汁《しる》を掻き込んだ。返事がないのが気になってつい目を上げると、こちらを見つめる眼差しに出会う。

「俺もまだ途上だから……一緒に向上していこう」

微笑《ほほえ》まれて、思わず見とれた。

本当にこれからそばで働いていくのだと実感する。協力し合って、この病院で——。

一緒にいられることの喜びに浮き上がった心は、未来を描いたところでふっと途切れた。

あ……——。

そうだ。将悟がここに残るということは、環と——。

急速に萎《しぼ》んでいく心に、もやもやとしたものが流れ込んでくる。

この人は、俺のそばにいるわけじゃない……。

当たり前の事実に打ちのめされ、そしてそんな自分を滑稽《こっけい》だと嗤《わら》いたくなった。

いいじゃないか。それでも一緒に働けるんだから——そう自分に言い聞かせる。

「……環の、妹の印象はいかがでしたか……?」

返ってくる答えは予測できるのに、それでも確かめずにはいられなかった。

「お世辞抜きにすばらしい人だね。才色兼備っていうのは、ああいう女性のことだろうな」

……やっぱり……。

若手の外科医にとって、成和病院院長の娘というのは、申し分のない結婚相手に違いない。

環もまんざらでもなさそうだった。はっきりした気性の妹だから、その気がなければ早々に断るはずだ。

なにを期待してたんだ……。

「全部食えよ？　医者はまず体力だぞ」

俯《うつむ》いて箸を置いてしまった洵の手元を見て、将悟が指を差す。

しかし喉を通りそうになくて、代わりに湯飲みを手にした。

父も初めからそのつもりで将悟を誘致したのだろう。もしかしたら将悟も。

すべては予定どおりに進んでいて、洵だけが予定外の気持ちに見舞われ、振り回されているのかもしれない。

「……デートの約束はできました？」

流れを堰《せ》き止めるようなことはしてはいけない、いや、できるはずがないのだと、洵は振りきるようにして訊ねた。

「いや、それがなかなかスケジュールが合わない。互いに仕事優先で、合わせる気もなくてな」

苦笑する将悟を見ながら、洵はほっとしている自分を感じる。

最低だな……環に協力するどころか、進展しないのを喜んでるなんて――。

仲介役を買って出ることもできない自分の狭量《きょうりょう》さに、嫌気が差した。

「おっと、時間だ」

将悟は腕時計を見ると、トレイとプリントを手に慌てて立ち上がった。

「見届けたかったんだけどな。ちゃんと完食するように」

節の目立つ長い指を洵に突きつけた後、「お先に」と笑顔を見せて席を離れていく。

引っかけただけの白衣の裾が翻るほどの大きい歩幅で、あっという間に出ていってしまった食堂の出口を、洵はしばらくの間見つめていた。


「表面が切れただけなので、心配はないと思いますが……念のため画像を取っておきましょう」

自宅の階段を踏《ふ》み外して額に裂傷《れっしょう》を作ってきた患者の縫合《ほうごう》を済ませて、頭部の検査に回す。

救急車での搬送も一台きりで、今夜は比較的静かな当直の夜だった。

「宇堂先生、仮眠室で休んでらしてください。なにかあったらお呼びしますから」

そう看護師に言われて、処置室を後にした。

明け方近いとあって、救急外来の待合室もひっそりとしている。

……そう言えばさっきから見かけないな。

今夜初めて当直が洵と重なったが、夜半《やはん》過ぎまでは洵も出ずっぱりだったようだ。今ごろは一眠りできているだろうか。

院内で顔を合わせれば、洵はいつも少しはにかんだような顔で会釈して通り過ぎる。端整な容貌に浮かぶ生の表情に惹きつけられて、将悟はつい背後を振り返り見送ってしまうのが常だった。

数日前に食堂で、「出会えてよかった」と言われたときには、はからずも胸がときめいてしまった。将悟を見つめる洵の目には、社交辞令などではない純粋な好意が感じられて、それが将悟にはたまらなく嬉しかった。もちろん続いた言葉のとおりに、洵が寄せる感情は、医師としての尊敬なのだろうけれど。

知らず、ため息が洩れる。

こんなふうに洵のことばかり考えてしまうのは、忙しさにかまけてあれから一度も環と会っていないせいだろうか。だから身近にあるよく似た面差しに、目を奪われている――？

……ばかなことを。

自分の相手は洵ではないのだと、今さら当たり前のことを自分に言い聞かせる。

通り過ぎようとしたカンファレンスルームのドアが細く開いていて、室内から洩れる明かりに将悟は足を止めた。

消し忘れだろうかと、ドア横のスイッチに手を触れながら中を覗《のぞ》くと、長机のひとつに覆い被《かぶ》さるようにして座っている白衣の背中があった。それが洵だと、今の将悟にはすぐにわかってしまう。

そっと足音を忍ばせて室内に入り背後から近づくと、やはり洵は眠っていた。机の上には病院経営の本が、いくつか開いたままになっている。

あまり乗り気ではない様子だったが、自分に課せられた使命には真摯《しんし》に向き合っているらしい。ふつうならばまだ若手の医師として、自らの向上に専念すればいい時期なのに、それだけではいられない洵をけなげに思う。

大変だな、あんたも……。

長い睫が影を落とし、薄く開いた唇のほの紅《あか》さが、枕《まくら》になった本のページの白さにコントラストを与えている。

鼻先にずれてしまっている眼鏡を外してやろうとして、そっと伸ばしかけた手を止めた。

眠りを妨《さまた》げずにやり遂《と》げる自信がない。

それはまるで将悟の洵に対する接し方のような気がした。

ややもすれば過剰な好意を示してしまいそうで、それを洵に不審がられたり警戒されたり、最悪疎《うと》まれたりして今の良好な関係が崩れることが心配だった。

それなのに、なぜかもっと近づいてみたい誘惑にかられる。

――迷惑な話だよな。

自分の手を封じるように白衣のポケットに入れた将悟は、指先に当たったものの正体を思い出し取り出す。

眠る洵の唇の先に、銀紙に包まれたひと粒のチョコレートを置いて、将悟はカンファレンスルームを後にした。


眠りから覚めて顔を上げると、ブラインドの隙間《すきま》から白み始めている空が見えた。

経営学の本を読みながら、二時間ほど寝入ってしまったらしい。その間一度も呼び出しはかからなかったようだが、急患はなかったのだろうか。

まさか、宇堂先生が全部診てくれたんじゃないだろうな……。

そんなことでは、なんのための当直なのか、申しわけなくなってしまう。

本を閉じようとした洵は、ぽつんと置かれた銀の包みに気づいた。

チョコレート……？　誰が――。

真っ先に思い浮かべてしまったのは将悟だったが、まさかそんなはずはないだろう。誰であったとしても、ぐっすり眠り込んでいるところを見られてしまったわけで、少しきまりが悪い。

ひとり赤くなりながら、洵は本を抱えて席を立った。

もうしばらくすれば引き継ぎの時間になる。その前に仮眠室に置いてある荷物を取りに行くことにした。

医師用の仮眠室が並ぶ通路で、割り当てられた部屋のカギを開けようとして、突然背後にぴったりと張りつく感触に、洵はカギを取り落とした。

「な――、……高柳……先生……？」

振り返って確かめる間にも、密着する身体は洵をドアに押しつけ、触れそうに近づいた唇から、耳元に息が吹きかかる。

初めて会ったときから、どことなく粘着質《ねんちゃくしつ》な視線を向けてくるこの整形外科医が苦手だった。その高柳にどうしていきなりこんなことをされてしまうのかわからないということ以上に、感触がおぞましくて項《うなじ》が粟立《あわだ》つ。

なぜこんな早朝に、当直でもない高柳がいるのだろう。それにいったいどこから現れたのか。通路に降りてきたときには、誰もいる様子はなかったのに。

混乱していた洵は、脇腹の辺りをまさぐられて、慌てて高柳から逃れようとした。

「放してください！　いったいなにを――」

「男が好きなんだろう？」

背後から抱きすくめられ、耳殻《じかく》に吹き込まれた言葉に一瞬硬直する。

……なんだって――?

恐る恐る振り返ると、下卑《げび》た笑みを浮かべた顔が見つめ返していた。

「一昨日《おととい》の晩、『コリドー』にいたよなあ?」

「……っ……」

洵は息を飲んだ。

『コリドー』――それは同性の恋人を、あるいは一夜の相手を求める者が集まるバーの名前だった。そして、洵はたしかにその晩そこにいた――。

クラブふうに設《しつら》えられた薄暗い店内は、週末の夜ということもあってか盛況だった。さまざまな年齢や風体《ふうてい》の男たちの間を、洵は半《なか》ば圧倒されながらカウンターへと向かう。粘《ねば》り着くような視線が顔や身体を撫でていくのに脅《おび》えながらも、身体の奥に得体の知れない熱が集まっていく。それはけっきょく自分が、同性しか愛せない人種だという証拠なのだろう。

でも……あの人はだめだ。

どんなに焦《こ》がれても、自分のものにはならない。それどころか、この気持ちを知られてもいけない。

諦《あきら》めるんだ。そのためにここへ来たんじゃないか――。

グラスの中身を一気に呷《あお》った。喉から胃へと灼《や》けるような熱さが広がり、洵は深く息をついて俯く。

肩に大きな手が置かれて振り向くと、長身の逞しい体軀の男が微笑して見下ろしていた。強い酒に潤《うる》んだ目には、それがどこか恋しい人の面影に重なる。

「これから時間ある？」

定番の合い言葉。イエスかノーかだけ答えればいい。そして今夜の洵は、肯定の返事しか用意していなかった。

頷いた背中に腕が回され、人を掻き分けて出口へと向かう。

通り過ぎる耳元に、誰かの口笛の音が聞こえた。

思い出すのも苦い夜の記憶。それを高柳が見ていたというのだろうか。

唇が震えるのを止められないまま見上げる洵に、高柳はいっそう顔を近づける。

「意外だったたな……」

「……そんなの、人違いです」

「人違い？　まあ、俺も最初は目を疑ったけどね。まさか朝霞先生がホモバーに出入りして、しかも声かけられた男についていくなんて……さ」

意地の悪そうな笑い声が低く響いた。

どうしたら……どうしたらいい——？

背中にじわりと冷たい汗が滲《にじ》む。

「だからよぉく確かめたんだよ。間違いない。あれはあんただった」

「……っ……」

「そんなに脅えなくても、ばらしたりしやしない。ただ、ちょっと——」

歪《ゆが》んだ笑みを張りつけた唇が、洵の耳の辺りに触れた。上半身が捻《ねじ》れて、ドアに張りつけられたように身動きが取れなくなる。

「せっかくだから、俺も相手をしてもらおうかな、って」

「や…めてください……っ」

足元で院内シューズがキュッと鳴った。


仮眠室へと続く通路を曲がりかけた将悟は、潜《ひそ》めた叫びを聞いたような気がして、一瞬足を止めた。

誰かいるのか……？

この先にいるとすれば当直の医師くらいで、それは洵に他ならない。足を速めた将悟が角を曲がって目にしたのは、ひっそりとした通路の先で重なるふたつの影だった。

あれは……。

ドアに押しつけられているのは間違いなく洵だった。押さえ込んでいるワイシャツ姿の男は、整形外科医の高柳だろうか。

なにを争ってるんだ？

医師同士の衝突と見るには、どうにも私的な雰囲気が漂う。

だいたい当直でもない高柳が、なぜこんな時間にこんな場所にいるのだろう。いつも診療開始時間ギリギリに出勤してくるような男なのに。

医師としての腕前はともかく、患者やスタッフに対する傲慢《ごうまん》な言動やルーズな勤務態度が目について、もともと高柳に対しあまりいい印象を持っていないせいか、洵が厄介《やっかい》ごとに巻き込まれているような気がしてきた。

そのとき、

「……放してくださいっ」

押し殺しながらも激しい拒絶が滲んだ洵の声を耳にして、将悟は反射的に駆け出した。

通路に響き渡る大きな靴音に、揉《も》み合うふたりは同時に顔を向けた。

突然の第三者の出現に、呆然《ぼうぜん》として動きを止めた高柳と洵の間に、将悟は瞬《また》く間に割って入る。

洵を摑《つか》んでいた高柳の手を捕らえ、捻り上げた。

「な……、あっつ……！」

驚愕《きょうがく》と痛みに歪んだ顔を上から睨みつけると、高柳は狼狽えたように視線を泳がせた。

「だいじょうぶか？」

背後を振り返って問いかけるが、洵はただ目を瞠るだけだった。眼鏡のレンズの奥で、不安げに瞳が揺れている。薄暗い通路であることを差し引いても、洵の顔色は蒼白《そうはく》で、唇が震えているのまで見て取れる。

その原因である高柳に対する怒りで、高柳の腕を摑んだ将悟の手の甲に、腱《けん》が浮かび上がった。

ギリギリと絞り上げられる手首に、高柳が呻く。

「……暴力は、よせ——」

「その言葉、そっくり返してやる」

将悟の低い声に、高柳の喉がゴクリと鳴る。

「なにも……知らないくせに——うぁっ……！」

「宇堂先生……っ」

ふいに洵の手が制止に入り、将悟はようやく高柳を放した。

高柳はよろめきながら後退《あとずさ》って、それから洵を睨んだ。

「おとなしそうな顔して、たいしたタマだな。もうこいつまでたらし込んだのか」

洵の身体がビクリと揺れる。

高柳の言葉の意味はわかりかねたものの、口汚い罵《のの》りに、将悟は腹の底が熱くなるのを感じた。

これ以上なにか言うつもりなら容赦はしないと高柳を睨《ね》めつけ、洵を庇《かば》うようにして立ちはだかる。

しばらく洵と将悟を見比べていた高柳だったが、やがて忌々《いまいま》しげに舌打ちして背を向け、走り去っていった。

最後まで洵を見る目に執念《しゅうねん》深さのようなものを感じて、一発くらい殴《なぐ》ってやればよかったと拳《こぶし》を握りしめる。

高柳が消えた通路の先を睨んでいた将悟は、激情を抑えるために大きく息をついて振り返った。

洵が目を見開いて息を飲む。その目は高柳に対していたときよりも、怖《お》じけているように見えた。

「けがはない?」

「……あ……」

揺れる瞳が、将悟の視線から逃げていく。わずかに頷いたまま、もう顔を上げようとしない。

どうして――？

「……ありがとう……ございました」

「いや。朝霞先生――」

「あのっ、……急ぐので……失礼します」

「ちょっと――」

つい手を伸ばすと、掴んだ洵の腕が思いがけずに大きく揺れた。

「――あ……」

一瞬見つめ合い、しかし洵は狼狽えたように将悟の手を振り払って通路を駆けていった。

――手の中に、感触が残る。

同じく当直を終えたところのはずだ。白衣のままどこへ行こうというのか。

当直明けの疲れも忘れて、将悟は仮眠室のドアを開けた。

高柳との間になにがあったのかは知らないが、わけも聞かずに一方的に洵を庇い高柳に対峙《たいじ》してしまった自分も、振り返ってみればどうかしていた。

しかし相手が誰であっても、理由がなんであっても、洵を傷つけるというそれだけで、手を出してしまっていたような気もする。

今でさえまだ治まりきっていない感情を、将悟は持て余してため息をついた。

『宇堂《うどう》先生？　今どの辺りにいらっしゃる？』

環《たまき》からの携帯電話に出たのは、ちょうど待ち合わせ場所のホテルのエントランスを潜《くぐ》ったときだった。

「今ちょうど着いたところです。なにか？」

『ご連絡がギリギリになってしまって申しわけないのですけど、今日はそちらへ行けなくなってしまったの』

「急患ですか？」

ようやく互いのスケジュールを合わせて取りつけた初めてのデートだった。

『ええ、ごめんなさい』

同じ仕事に就《つ》いているのだから、緊急事態で予定が覆《くつがえ》ることも多いのはよくわかっている。

「いいえ、患者さんを優先してください。じゃあ、次の機会に――」

『それでね、代わりと言ってはなんですけど、兄をそちらへ向かわせたんです』

「え……」

洵《じゅん》が……？

将悟《しょうご》は思わずロビーを見回した。

『お詫《わ》びにごちそうするように伝えておきましたので、お相手してやっていただけますか？』

「ええ、私はかまいませんが、朝霞《あさか》先生は——あ……」

どことなく落ち着かない様子でソファに座っている洵を見つける。焦《こ》げ茶のツイードジャケットにスモーキーベージュのシャツ。院長宅で会ったとき以来の、白衣以外の姿だった。

『いました？　じゃあ、そういうことで。本当に申しわけありません。よろしくお願いします』

環は慌《あわ》ただしい様子で電話を切った。

思いがけない展開に戸惑《とまど》いながら、将悟はソファのほうへと歩いていく。

まさか病院外で洵とプライベートな時間を持てるとは、予想もしていなかった。あの高柳《たかやなぎ》との一件以降、なぜか洵からは避《さ》けられているような気がしていたから、なおさら気持ちが浮き立つ。環とのデートがつぶれたというのに、嬉《うれ》しがってはいけないのだろうが。

ふと動いた洵の視線が将悟を捉《とら》え、彼は慌てて立ち上がった。

「宇堂先生、あの……」

「今、環さんから連絡をもらった。悪かったな、休みだったのに」

「いえ、そんな。こちらこそ、突然のキャンセルの上に、俺なんかが代わりで。でも妹から言いつかっているので、おつき合いいただければ……」

緊張の面持ちで、将悟の様子を窺《うかが》うように見上げてくる。

「もちろん、せっかくの機会だからな」

洵と向き合うと、なぜかときめきにも似たものを感じ、これからゆっくり話ができるのは、願ってもない嬉しいことだと思った。

どこか心配そうに見つめていた洵は、将悟の頷きにようやく花が開くように微笑《びしょう》した。

その微笑《ほほえ》みを見て将悟も、洵が環に頼まれて断れずにしかたなくやってきたわけでもなさそうだと安堵《あんど》する。

環が予約を入れていたホテルの中の和風創作料理の店では、洵との会話は終始和《なご》やかだったし、ときおり楽しげな笑顔も見られた。

病院での態度がよそよそしく感じられたのは、将悟の気のせいだったのだろうか。

いずれにしても心地《ここち》よい時間が嬉しくて、食事の後、将悟は思いきって洵を酒に誘った。ありきたりな表面上の会話だけでなく、もう少しプライベートな話がしたかったし、今後ふたりだけで会う機会はそうそうないような気がして、これで別れてしまうのが惜《お》しかった。

しかし一瞬嬉しそうに見えた洵の表情は、すぐに複雑な色に変わり逡巡《しゅんじゅん》を浮かべる。

「明日に差し障《さわ》る？」

断られそうな予感に、将悟は先回りして問いかけた。

「……いえ、そんなことは……」

明日の洵の勤務が午後からだということは、すでに食事中の会話で知っている。それがあるから、洵が断りきれないだろうことも予測していた。

「ならつき合ってくれ。この上でいいから」

困惑顔の背中を押し、エレベーターに乗り込む。

ガラス張りのエレベーターが高層階のラウンジに着くまでの間、洵は将悟に背を向けて眼下の夜景を見つめていた。斜《なな》め後ろから見える頬《ほお》から顎《あご》のラインが美しくて、思わず触れてみたい誘惑にかられる。

……なにを考えてるんだ、俺は。

自分の誘い方も、それを受けてもらった喜び方も、まるで恋愛ごとのようだと内心苦笑していたのだが、いくらなんでもそんな視線で洵を見るのは失礼というものだ。

仮に洵に特別な気持ちを持っていたとしても、今の自分がどんな立場であるかを考えれば、そんなことが許されるはずもない。

将悟は洵の妹とつき合っているのだ。しかも結婚を前提として。

自分たちは職場の同僚《どうりょう》であり、未来の義兄弟であり共に病院を切り盛りしていく仲間だ。洵のことはそういう意味で、よき友人だと思っている。もちろん彼個人をとても好ましいと思ってもいるけれど、それは恋情《れんじょう》ではないはずだ。

そもそも愛だの恋だのより、医者として充実した人生を送りたいと思っていたはずじゃないか。

そう自分に言い聞かせてみたものの、なにかがすっきりしない。

エレベーターは停止し、持て余すような気持ちを抱えたままの将悟は、開いたドアの向こうへ足を踏《ふ》み出した。

窓に面したカウンターの席に並び、グラスを傾《かたむ》ける。

会話はとりとめがなかった。今の勤務状況、病院の将来の展望、学生時代の思い出、そして互いの家族のこと。

控えめに環を売り込むような洵の言葉に、将悟はなぜか複雑な気持ちになりながらも頷く。

あまり強くないらしく、薄めの水割りをゆっくりしたペースで口にしていた洵が、いつごろからかピッチを上げていたのに気づく。

「だいじょうぶか？　誘っておいて言うのは野暮《やぼ》だが」

目元を薄く染めて、揺れる頭を頬杖《づえ》で支える洵を覗《のぞ》き込んだ。目だけが将悟を見上げ、濡《ぬ》れた瞳の艶《なま》めかしさに息を飲む。

「今日は……車で来たんです」

「え……？」

見とれていた将悟は、なぜ洵が急にそんなことを言い出したのかと戸惑うが、酒の誘いを躊躇《ためら》ったのはそのせいだったのかと合点がいった。しかしここまで飲んでしまっては、とうてい運転は無理だろう。

「先生を送るつもりでいたんですけど……無理みたいです。すみません……」

「いや、そんなことはかまわない。タクシーを使えばいいんだから」

しかし洵は首を振った。

「俺、飲むと乗り物がだめなんです。申しわけないんですが……部屋を取らせてもらっていいですか？」

その申し出に、一瞬ドキリとする。そんなはずがないのに、一緒に泊まろうと言われているのかと思ってしまった。

俺も相当酔っぱらってるな……。

「あ…ああ、もちろん。今のうちに頼んでおこうか」

洵が頷いたのを見て、将悟はフロアマネージャーを呼び、部屋のリザーブを申し込んだ。

「すみません、ご迷惑をかけてしまって……環に怒られるな」

そう言ってグラスを干《ほ》す洵の晒《さら》された喉元《のど》を、横目で見ながら首を振る。

「無理に誘ったのはこっちだし、気にすることはない」

受付が済んで運ばれてきたカードキーが、洵の手元に置かれた。

腕時計を確認し、そろそろお開きだろうかとなごり惜しく思っていると、洵は一向に腰を上げる気配を見せず、新しいグラスを口にしている。むしろ今夜の宿が決まったことで、安心して飲むことを楽しんでいるようだった。

同時にその安心感が気を緩《ゆる》めてもいるようで、酔いの風情《ふぜい》が濃くなったようにも見えた。

本来の性格もあるのだろうが、明らかに陽気になったり絡んだりという変化はなく、おとなしく酔っている。

将悟よりは少ない量なのだが、そこそこ飲んで体調が悪い様子もないので、満足がいくまで好きにさせてつき合うことにした。

横にいる洵を眺《なが》めながら、ぽつりぽつりと話をする——そんな時間を将悟もまた楽しんでいた。

「そういえば……あれから高柳先生とはなにもない？」

ふと思い出して口にした問いに、深い意味はなかった。もし厄介《やっかい》ごとがあるなら手を貸そう、というくらいの気持ちだった。

しかし洵はビクリと揺れて身体を硬直させた。酔いに緩んでいた表情が、一転して強張《こわば》る。

「まだなにか言ってくるのか？」

「……いいえ」

否定しながら、なぜそんな脅《おび》えたような顔をするのだろう。

だいたいあれはなんだったのか。どう見ても脅《おど》されているようだった。

動揺が激しかった洵はなにも言わずに立ち去ってしまい、その後は今日までろくに口をきくこともなく、真相はわからないままだ。

高柳を問いつめようとも思ったが、向こうも将悟を避けているようでそんな機会はなかったし、洵以外から聞くのはフェアでないような気もした。

「できることなら力を貸す。理由を……話す気があるなら――」

洵の目が瞠《みは》られ、コクリと喉が鳴る。

「……先生……」

一拍の呼吸の後で、洵は固く目を閉じ、深く息をついた。

いったいなにが――。

一時はほんのりと染まっていた頬が蒼白《そうはく》になっているのを見ると、もしかしたら聞き出すことは洵を苦しめるだけなのかと思いもした。

しかしそれならばなおさら、その苦しみからなんとかして救ってやりたい。

テーブルの上で小刻《こきざ》みに震える洵の拳《こぶし》を、上から摑《つか》んだ。

「なにがあったんだ？」

低い声で問いつめる将悟に、洵は観念したように目を上げる。

「……好きな人がいるんです……」

洵を摑んだ手に、思わず力がこもりそうになった。

なにを驚く……？　いい歳をした大人なんだから、不思議はない。

「でも……叶《かな》わない想いで……」

「気持ちは伝えたのか？」

洵は力なく首を振る。

「言えません……男性ですから。無理に決まってる……」

男――だったのか……。

聞いた瞬間は驚いたものの、どこか納得するような気もした。少なくとも、片想いの相手がいると聞いたときほどの衝撃はなかった。

「……それで？」

「好きになってはいけない、諦《あきら》めなければと……そう思えば思うほど気持ちは強くなって……っらかった……」

いったいどんな男が、洵の心をこれほど捕らえたのだろう。

洵の切ない告白を聞きながら、将悟は急に腹の底がアルコールで灼《や》けるのを感じた。

「もう、こんなつらい気持ちから逃れたくて――その人を忘れたくて……ゲイが集まるバーへ行ったんです」

意図せず、目尻が引きつれた。身体中の血が、凶暴に巡《めぐ》り始める。

洵が――。

「バーで誘われた相手と出ていくところを、高柳先生には見られたようです……」

将悟は洵の肩を摑んだ。

突然手荒な振る舞いに及んだ将悟を、洵は潤《うる》んだ目で見上げる。

「……訊《き》きたいことがある」

他の客との間隔はずいぶん離れていて、話を聞かれる心配はなかったが、それでも将悟は声を潜《ひそ》めた。

「そこへ行ったのは……代わりの相手を見つけるためか？」

想う相手には振り向いてもらえないから、慰《なぐさ》めて忘れさせてくれる相手を探しに行ったというのか――。

好きな相手に告白もできない洵がそんな行動に走ったということが、将悟の中で合致しない。なにかわけがあったのではないか――それを探そうと、食い入るように瞳を覗き込んだ。

「……あ――」

「答えろ」

肩を摑む指先がジャケットに食い込む。相当の痛みを感じているだろうが、小刻みに肩が震えるのは、それとは別の理由のようだった。

洵の唇もまた震えて、隙間が埋まらなくなる。やがて耐えきれないというように目が伏せられ、それが肯定の意だと知った。

一途に相手を想い続ける洵ならば、それが同性であろうと充分理解の範囲で、共感さえ抱いたかもしれない。

しかしそのつらさを忘れるために、行きずりの男を求めてそんな場所をさまよう――これはどうだ。

いったいなにを考えてる……？

そんな洵の姿を想像するだけで、腹の底が熱くなる。怒りとも失望ともつかない、ドロドロとした感情がマグマのように込み上げてきた。

今、目の前で伏せた睫《まつげ》を震わせている男が、なんの感情も持たない相手に身を任せたというのだろうか。

裏切られたような気がした。

将悟は洵の肩を掴んだまま立ち上がり、カードキーを手に、洵を引きずるようにしてラウンジを後にした。

多少人目を引きはしたが、洵は立たせたとたんに酔いが足にきたらしく、抵抗することもなく将悟に寄りかかるようにして歩いていたから、酔った連れを抱えているようにも見えただろう。

下降するエレベーターの中でも、洵は苦しそうに将悟にすがっていた。

もちろん逃げ出したい気持ちだっただろうが、とても身体が言うことを聞きそうにはない様子だった。

客室フロアに着いてエレベーターが止まると、振動から解放された洵はほっとした表情を見せたが、強い力で引っ張られてまた顔を強張らせる。

「……っう……」

洵が洩《も》らした呻《うめ》きと、苦しげにひそめられた眉《まゆ》が、将悟の激情に火をつけた。

足元のおぼつかない洵を顧《かえり》みず、足早に歩き出す。

「……せん、せい……?」

戸惑いと恐怖が入り交じったような洵の声も耳を素通りした。

なぜ他の男など求める？

この身体を見ず知らずの相手に投げ出したのか——考えただけで、勝手だとはわかっていても怒りに震えそうだった。

代わりの相手が誰でもいいのなら、それが将悟でもなんの不都合があるだろう。

好きな相手を忘れたいと言うなら、自分が忘れさせてやる——。


背中を押すようにして部屋の中へ進み、ベッドにその身体を突き飛ばすと、洵は初めて将悟の意図を悟ったらしく、信じられないといったふうに将悟を見上げた。

「……先生……どうして……」

「理由が必要か？」

立ち上がろうとした洵の喉元を摑み、動きを封じる。

「どれがいい？　おまえがゲイだから？　いかがわしい場所で男漁《おとこあさ》りをしてたから？」

びくんと身体を揺らし、将悟の言葉に傷ついたような目を向ける。

——いや、俺がおまえに惚《ほ》れてるから……？

はっとして息を飲む。

ようやく将悟は、これまでの苛立《いらだ》ちや衝動の理由に思い当たった。

自分は洵を愛していたのだ——。そして今は、激しい嫉妬《しっと》に見舞われている。

将悟は射抜《いぬ》くような鋭い眼差《まなざ》しで洵を睨《にら》むと、シャツの衿《えり》を摑み、ボタンを外すのももどかしく合わせを開いた。

「……やめて……ください……」

驚きのあまり抵抗も忘れているようで、洵は掠《かす》れた声を洩らす。

「忘れさせてくれるなら、相手なんか誰だっていいんだろう？　そのへんを歩いてる男だって」

洵の身体を押し倒しながら、将悟は自分の下に洵がいるというあり得ないはずの現実から来る高揚感《こうようかん》と、怒りが変換したような凶暴な気持ちに襲われて、シャツの裾《すそ》を引き出した。

「ちが、う……っ」

「なにが？　わざわざ自分から探しに行かなくても、いくらだって俺が抱いてやる」

身を庇《かば》うように背を向ける洵の上に馬乗りになり、肩からシャツを引き下ろす。日に焼けていないなめらかな背中に、くっきりと浮かび上がった肩胛骨《けんこうこつ》に欲情した。

この身体が誰かに……。

袖《そで》を通したままの両手首を、シャツでぐるぐる巻きにして縛《いまし》めてしまう。

「やめ……——」

「動くな。抵抗したら容赦できそうにない。腕くらい折るかもしれない」

押し殺した声のせいか、洵はわずかに身動《みじろ》いで抵抗をやめた。

両手の自由を封じて洵の乱れた髪を梳《す》き上げると、戸惑いと脅えを滲《にじ》ませた目が将悟を見上げた。

「……なにも……しなかった……」

耳朶《じだ》に伸ばした指が止まる。

「……なんだって？　そんなつき合いが許される場所か？」

よくは知らないが、一夜の相手を求めるのが主な目的の店ではないのか。しかも合意して出ていった後でなにもなしでは、相手が納得するはずもないだろう。

「最初は……そのつもりだった。けど……逃げてきたから……」

「……なぜ？」

洵の目が躊躇うように宙をさまよう。

「好きな…人の……、その人のことを考えたら……できなかっ……——」

衝動に突き動かされるままに、細い顎を鷲掴《わしづか》んだ。

「片想いの相手に操立《みさおだ》てか。おめでたいな」

吐き捨てるように言ってしまったのは、自分の前で他の男を好きだと言う洵に、激情を抑えられなくなったせいだ。

俺なんか眼中にないって……？

とうに心は他の男に惹《ひ》かれていて、それを思いきるために身体だけの相手を探そうとしたときでさえ、将悟は蚊帳《かや》の外で——、嫉妬する以外なにができるというのだろう。

洵に関わったすべての男を、殴《なぐ》り倒してやりたい。将悟を見ようとしなかった洵自身にも、焦燥《しょうそう》にも似た怒りを感じる。

患者という立場で接する場合、医師がゲイであることはよけいな不安を招く場合もあるだろうから、洵が自分の性癖をひた隠しにするのも道理だ。だから職場の人間を対象として見ることなどありえないのだと、冷静に考えればわかりきったことだった。

けれど今の将悟には、そんな理屈はすっかり片隅に追いやられてしまっていた。

こんなに好きなのに——。

伝わっていないことが、どうしようもなく悔《くや》しい。

「……あなたに……そんなことを言われたくない……っ」

ふいに耐えきれなくなったように洵は叫《さけ》び、将悟を詰《なじ》るような目で睨んだ。

関係ないのに口出しするな、とその視線に言われたような気がして、将悟は反射的に洵の身体を仰向《あおむ》けにひっくり返し、驚きに開いた唇にくちづけていた。自分でも抑えようのない衝動だった。

洵の唇は、驚くほど甘く感じた。

怒りや嫉妬が、一転して希求《ききゅう》に変わる。

将悟の突然の行動についていけないのか、それともこれ以上の暴行を恐れているのか、舌を侵入させても洵はしばらくの間されるがままだった。

やがてふいに抵抗が始まる。しかしひと回り大きい身体に乗り上げられ、両手も背後で縛められていては、洵にできるのは口内の舌を舌で押し返すくらいしかない。

将悟はそれを思いきり吸い上げた。

「……っん、……んぅ……」

苦しげな呻きが洩れても、将悟は唇を離さなかった。さんざん吸い上げて、やがて力をなくして震える舌に、今度は執拗《しつよう》に絡んでいく。混ざり合った唾液《だえき》を、洵の喉が嚥下《えんか》した。

濡れた音をたてて唇が離れ、互いの荒い息が頬を掠める。泣き出しそうに潤んだ目に見上げられ、将悟の中でまたひとつ枷《かせ》が弾《はじ》け飛んだ。

「……好きだ……」

他のなにがどうなってもいい。なにもいらない、洵が欲しい——。

洵の目が瞠られ、激しいくちづけに紅《あか》く腫《は》れたような唇が息を飲む。

「……嘘だ……」

ぎくしゃくと首を振った洵は、将悟から逃れようと身体を捻《ひね》った。それが将悟の激情に火をつけるとも知らず。

「嘘なんかつくはずないだろう！　俺じゃだめなのかっ？　こんなに……——」

洵の両肩を摑んでベッドへ押さえつける。

「あなたは……っ」

悲痛な叫びが上がった。

「あなたは……、環の……」

感情が沸きたつあまり、すっかり頭から抜け落ちていた現実が突きつけられる。将悟ははっとして動きを止めた。

いや、忘れていたわけではない。それがあるから、これまでは無意識のうちに洵に抱く好意の理由を深く考えずにいたのだろう。

けれど……無理だ——。

気づいてしまえば、この気持ちを抑えることなど——洵を諦めることなど、とうていできない。

環には申しわけないけれど、今日までの間に、洵と環のどちらのことをより考えていたかを顧みれば、洵が近くにいる限り、これから先も環に対して誠実ではいられないだろうことは想像がつく。

「……環さんよりも、洵……おまえが好きだ。いや、おまえしか好きじゃない」

「そん、な……」

押し倒されている自分の状況よりも、その言葉に脅えたように、洵は必死に首を振った。

「初めて見たときから……惹かれていた。目が離せなかった……」

病院の通路。視線を絡ませ合ったまま近づき――すれ違った。

あのときからきっと、恋は始まっていたのだ。自分でもそうとは気づかないままに――。

はっと目を見開いた洵もまた、同じ光景を思い出しているように思えた。

真上の将悟に焦点を合わせた瞳に、なにとははっきり読み取れない色が浮かぶ。

「洵……」

しかし名前を呼んだ瞬間に、洵は現実に呼び戻されたように将悟を拒もうとした。その動きを封じて、首筋に唇を押し当てる。速い脈の下で、熱い血の流れを舌先に感じる。

「……っは、ああっ……」

まるで洵のほうが熱いものにでも触れたように、将悟の下の身体が跳《は》ねた。

鎖骨《さこつ》の窪《くぼ》みに吸いつき、なめらかな胸に指を這《は》わせる。ささやかな肉の粒に辿《たど》り着くと、親指と人差し指で擦《こす》り合わせるように揉《も》み上げた。

「あっ、……だめ、だ…っ………」

決して優しいとは言えない愛撫《あいぶ》に、柔らかな乳首が脅えるように縮こまった。

「嫌じゃない……だろう？」

皮膚《ひふ》への刺激に対する単純な反応かそれだけではないかなんて、触れてみればわかる。

「それは……、っあ……」

洵の両手を拘束《こうそく》するシャツを、一気に引き解いた。解放されたばかりの手は、痺《しび》れているのか身体の両脇で投げ出されている。

決して貧弱《ひんじゃく》なわけではないが、将悟とはずいぶん違って見えた。顔ばかりでなく身体までが繊《せん》細《さい》に、愛されるために作られたようで、手荒に触れることが躊躇われる。

しかし同時に、征服欲や独占欲といった感情も呼び起こされた。

「俺が……感じさせてやる。全部、忘れさせる……」

過去の男など全部——片想いの相手も。

そう自分にも言い聞かせて、もっと洵からの反応を引き出すために、将悟はなめらかな胸元に顔を埋《うず》めた。

ぷつんと尖《とが》った乳首を指の腹でこね回し、反対側には舌を伸ばす。

「……っく、ぁ……」

きつく閉じた目元を羞恥《しゅうち》のためか紅く染めて、洵は弱々しく首を振った。

感度のよさに、これまでこの身体を通り過ぎていった男たちを思い、情欲の炎に嫉妬の油を注がれる。

「環を……俺の家族を裏切るのか……」

とうに自分の身体は溺《おぼ》れかけているくせに、なおも往生際《おうじょうぎわ》悪く将悟を思いとどまらせようとする、洵の頑《かたく》なさが憎らしい。

「環さんには、明日にでもはっきり伝えて謝る」

その言葉に身を震わせた洵の、堅く実った胸の先端を口に含《ふく》んで転がしながら、悩ましげに眉をひそめた顔を見上げた。

「先に洵と出会っていたら、院長の誘いは受けなかった……」

聞いているのかいないのか、洵はただ苦しげに首を振る。

「とにかく俺は、病院内のポストと引き替えに、この気持ちを諦める気なんかない」

官能と苦悩の入り交じった眼差しが、将悟を見つめた。

「ばかなことを……絶対後悔する……」

「しない」

「あ……っ――」

将悟の手は洵のボトムにかかり、素早くベルトとファスナーを開放した。

今、洵を押さえつけているのは、半分のしかかっている将悟の身体だけで、逃げ出すのはたやすい。

本気で拒絶しようと思えば、いくらでもできるはずなのだ。体格差があるとはいえ、いくら将悟でも男の抵抗を押さえ込んで好きにするのはむずかしい。

洵は迷っている。それが単に肉体の誘惑によるものでも、今はかまわなかった。

まずは、どれほど自分が洵を想っているか、そして洵を欲しているかを伝えることに専念する。

顔を上げた将悟は、真下の洵を見つめた。

「俺がおまえを好きなことに、他のなにも関係ない。おまえが他の誰かを好きなことも……」

惑うように瞳が揺れる。

「必ず俺を好きにさせてみせる。だからまず、身体を俺のものにする……」

「……せん…せい……」

洵の肩から胸、腹へと手を滑《すべ》らせ、指先から下着の縁を潜っていった。ヒクリと揺れた腹部が緊張に堅くなる。

「……あ、……あ……」

湿った温かさの中で、その熱を発する源に指が触れた。

将悟の胸元に洵が顔を伏せる。

半《なか》ば芯を作っていた洵のものに指を搦《から》め、成長を促《うなが》すように撫《な》で擦った。

小刻みに震えるのは、快感を堪えているのか、それとも——。

早い変化で張りつめていく手の中のものを感じ、将悟はもう一方の手でスラックスごと下着を引き下ろしていく。

「……やっ……」

洵の手が将悟の肩にかかるが、押し返される前に唇を重ねた。

「ふ……、んん…っ……」

喉奥まで舌を伸ばして掻《か》き回すと、肩を押していた手から力が抜けていく。

細い腰を抱きかかえるようにして、下肢の着衣を剝《は》ぎ取った。閉じ合わせようとする脚の間に身体を割り込ませて、大きく膝《ひざ》を開かせる。

唾液《だえき》の糸を引きながら唇を離すと、閉じた瞼《まぶた》が恐る恐るといったように上がって、困窮《こんきゅう》と羞恥を色濃く浮かべた目が将悟を見た。

「……どう…したら……」

吐息に負けてしまいそうな声が洩れる。

「おまえが迷っても拒んでも——やめない……」

「あ……っ」

凝《しこ》ったままの乳首に唇を寄せ、下肢《かし》で息づいているものを手の中に包んだ。

将悟の下で捩《よじ》れる身体を、頬で押さえ込むようにしてシーツに張りつける。戒《いまし》め代わりに乳首を噛《か》んで、洵を呻かせた。

握り込んでいたものがヒクンと震えて、先端からぬめりをこぼす。それを広げるようにして親指の腹で撫でてやると、洵の腰がもどかしげに揺れた。

「く…、う……」

将悟を遮《さえぎ》ることはしないが、代わりに自分の顔を腕で覆《おお》い、官能を浮かべる表情と声を隠そうとする。

ささやかな抵抗を打ち砕《くだ》きたくて、将悟は舌を伸ばして肌を下降した。薄く浮き出た肋骨《ろっこつ》を一本ずつ乗り越え、腰骨を滑る。腹筋が忙《せわ》しなく上下した。

握りしめた自分の指ごと、屹立《きつりつ》に舌を這わせる。

「ふ、あ…っ……」

先端の孔《あな》に尖らせた舌先を押しつけると、手の中の茎《くき》全体が膨《ふく》らむのを感じた。

繰り返し横に振られる頭がシーツに擦れて、さらさらと音をたてる。

「……おねが、い…っ……、放して……」

懇願《こんがん》の声が甘く掠れて、洵の感じている悦楽を知らせた。

押し殺しきれない喘《あえ》ぎが部屋に響く。

溢《あふ》れる蜜《みつ》と将悟の唾液に濡れて、洵のものが限界まで張りつめた。

「あっ、…うあ、ああっ……——」

内腿《うちもも》に力が入り、腰が浮き上がる。将悟の口中《こうちゅう》でビクンとわなないた屹立から、熱い迸《ほとばし》りが散った。

波打つ腰を抱きしめて、放出をすべて受け止める。急激に力を失ってシーツに落ちようとする洵の腰から、将悟はようやく顔を上げた。

必死に顔を隠していた腕も額《ひたい》の辺りで投げ出され、薄く開いた唇から荒い呼吸に合わせて揺れる舌が見える。

空に向けられた瞳は像を結んでいないようで、官能に霞《かす》んで見えた。

こんな顔をするのか……。

自分の下で見せた愉悦の表情に満足すると同時に、さらなる征服欲が強く湧き上がる。

洵の片腿を押し上げ、欲望を放ったもののさらに奥を露《あら》わにした。この程度の量では不足だろうがせめて潤滑剤《じゅんかつざい》の代わりにと、淡く浮かび上がった翳《かげ》りに、口中に含んだままの精液を落とす。

「な……? や……っ……」

とろりと狭間《はざま》を伝っていく粘液に、慎《つつ》ましやかな窪みが驚いたようにヒクつくさまは、ひどく扇情的《せんじょうてき》な眺めだった。

将悟は誘われるように指を伸ばし、後孔の周囲にぬめりを塗《ぬ》り広げる。

「……やめて……っ、……もう……」

「……嫌だ」

固く閉じた襞《ひだ》の中心に、指を突き立てていく。

「ひ、あ……、うぁ…っ……」

押し寄せてくる肉の圧迫感に眩暈《めまい》を感じながら、衝動を堪えて慎重に中を探った。

熱い隘路《あいろ》は、制止の言葉とは裏腹に、将悟の指を搦め捕るようにまとわりついてくる。押し広げるようにして抜き差しを繰り返しながら、指を増やしていった。

「ん……っ、や…ああ……っ」

指がある一点を掠めた瞬間、背中が浮き上がるほど反り返り、抱えていた片脚が宙を掻《か》く。前《ぜん》立腺《りっせん》への刺激で、洵のものが再び目に見えて萌《きざ》してきた。

内壁《ないへき》が妖しく波打ち、将悟の指を締めつける。

着衣を脱ぎ捨てる余裕もなく前だけをくつろげると、将悟は熱を持ち続けていたものを取り出した。縁まで抜き出した指で入り口を広げ、蕩《とろ》けたそこに怒張を押しつける。

「あ、あ…っ……——」

一瞬洵の目が見開かれ、すがるような眼差しで将悟を捉えた。

しかし将悟は止められない衝動のままに、熱くきつい内部に押し入っていった。

——目が眩《くら》む。

将悟を包む内壁はぴったりと吸いつき、誘うように蠢《うごめ》いた。

洵の両脚を抱え上げて根元まで埋めると、薄い腹筋の震えが内部まで伝わってくる。

「……あ……あぁ……」

唇まで震わせて、絶え絶えの吐息を洩らす洵の頰に、将悟は思いの丈《たけ》を込めてくちづけた。

「洵……洵、好きだ……」

互いの脈が、繋《つな》がった場所から響き合う。

洵は伏せていた睫を上げて、間近にある将悟の顔を見上げた。

「……どう……して……」

かわいそうなほど掠れた声と潤んだ瞳に、胸を撃ち抜かれそうになる。

「好きだって……おまえを愛してるって、言っただろう」

洵を誰よりも愛しているのは自分だ。その自分が洵を手に入れてなにがいけない——そんな思いをぶつけるように強く抱きしめてしまい、深く貫かれている洵は鋭く呻いて仰《の》け反《ぞ》った。

「おまえの気持ちに気づかない奴なんか放っておいて、俺を好きになってくれ……なにを躊躇う？　すべてをかけて、ずっと愛していくから……」

言葉だけでは足りない気がしてもどかしい。どうすれば洵にわかってもらえるのか。

「洵……っ」

反らされた喉に唇を押し当てると、小さな吐息を洩らして将悟を包んだ場所がさざ波立った。痺れるような快感に、思わず内部を穿《うが》つ。

「あ…っう、……」

眉をひそめながらもどこか甘い表情に、洵が感じているのがわかった。

将悟は身を起こして洵の腰を膝の上に引き寄せ、けなげに勃《た》ち上がっているものを手のひらで包む。柔らかな愛撫を与えながら、抽挿《ちゅうそう》を開始した。

揺らされる身体を支えるようにシーツを握りしめていた洵の手が、次第になにかを探し求めてさまよう。将悟のスラックスに辿り着き、さらに這い上がって自分の腰を摑む将悟の手に指を絡めてきた。

もう一方の手は膝から腰へと上って、シャツの背に指を立てる。将悟を抱き寄せようとしているような仕草《しぐさ》に、胸が騒いだ。

「洵……っ」

洵を煽《あお》る手の動きも後孔を穿《うが》つ律動も、激しさを増していく。

「ああぅ……っ、あ……っも、う……」

洵の背中が反り返り、薄い胸の頂《いただき》で充血した粒が張りつめているのが目に入った。

将悟を包む内壁が痛いほど締めつけ、妖しい振動を伝えてくる。手の中でぬめる屹立がピクピクと震える。

「あ、ああ……っ――」

指の隙間から白濁《はくだく》が噴《ふ》き上げた。同時に強く締め上げられて、将悟も洵の中に熱を放つ。

互いに何度も身を震わせた後で、将悟は覆い被さるようにして洵を抱きしめた。

続けざまの放出でぐったりとした身体は、荒い息をこぼしている。汗の浮いた額に張りつく前髪を、そっと指先で撫で上げてやると、洵の瞼が上がった。

まだ絶頂の余韻から冷めていないような瞳が、将悟を見上げる。魅《み》せられてただ見つめ返す将悟の頬を洵の手が包み、その動作に驚く間もなく、柔らかな感触に唇を塞《ふさ》がれた。

洵……――。

くちづけはすぐに解かれたが、見下ろした顔は一転して苦しげで、将悟はその理由がわからず瞠目《どうもく》する。

自分からキスしておいて、なぜ、そんな顔をする……？

「洵——」

「んぅ……っ……」

問いつめようとして身動いだ将悟の下で、まだ身体が繋がったままの洵が、悩ましげに眉を寄せた。将悟の首を抱き寄せる腕に、また熱が集いそうになる。

あの表情は気になったけれど、まるで次の誘いをかけるような態度に、思考は吹き飛んでしまう。

「洵……！」

噛みつくように唇を奪い、深く重ね合った。顔中にキスの雨を降らせて、それでも足りずに首から胸へと唇でなぞっていく。

「あ……く……っ……」

ぷつんと膨らんだ乳首に舌を絡め、乳暈《にゅううん》ごと吸い上げると、頭上で甘い喘ぎが洩れ聞こえた。

「もう……離さない……」

反らされた細い喉に歯を立てながら囁《ささや》くと、舌の先で洵の喉がヒクリと動いた。

下肢に伸ばした指先に触れた洵のものを、煽るように揉み込む。

「ん、あ…っ、……」

性急な欲望に突き動かされて、将悟は洵の両脚を高く掲《かか》げた。


窓の外はまだ暗い。

厚い胸板から背中に伝わる鼓動《こどう》や肌の温かさ、項《うなじ》を掠める規則正しい寝息、抱き包むように回された堅い筋肉の腕の安心感がなごり惜しくて、洵は一分また一分と時間を先送りしている。

ようやく意を決して、細心の注意を払って腕の中から抜け出し、そっとベッドを降りた。振り返ると、将悟は穏やかな表情で寝息をたてている。

「……先生……?」

秘《ひそ》やかな呼びかけに返答はない。

もとより寝入っているのを確かめるためなのに、反応がないことがなぜか寂《さび》しくて吐息を洩らす。

二度三度と抱き合って、眠りについたのは二時間ほど前のことだった。まだ将悟が目覚めることはないだろう。

洵は高柳の脅しのネタを、とうに将悟が知っているものと思っていた。いかがわしい場所で男を探していた洵を蔑《さげす》んでいるのだろうと、そう思ったら顔を見ることもできなくて、ずっと避けていたのだったが——。

将悟がなにも知らずに、ただ自分を案じてくれていたのだと気づいたときには、その思いやりに胸が痛んだ。

そしてそんな将悟にまた想いが深くなり、同時にこれ以上好きになったら気持ちを抑えられないと思った。

もういっそ全部ぶちまけて、今度こそ本当に軽蔑されれば、諦めもつくだろうと思ったのに——将悟の激昂《げっこう》は、予想もしないものだった。有無を言わせない力で部屋へ連れ込まれたときには、どうなってしまうのだろうと本能的な恐怖を覚えたほどだった。

まさかその怒りの理由が嫉妬で、将悟の口から好きだと言われるなど、夢にも思っていなかった。実際耳にしても、とても信じられない。

決して叶わぬ想いのはずだったのに——。

将悟の気持ちを知って、嬉しくなかったとは言わない。けれどそれよりもずっと強く感じたのは、戸惑いと後悔だった。

せめてふたりだけで食事をして、それで将悟への想いには秘かに終止符を打つつもりでいたから。それ以上を望んでしまうことになる事実など、知らずにいればよかった。

まるで見込みはない恋だと、そもそも好きになってはいけない人だと思っていたのに、相手に好きだと言われたら、どうしたって執着が生まれる。思いを遂《と》げたくなる。

互いの気持ちが同じだとしても、この恋が叶わないことに変わりはないのに——。

それがわかっていたからこそ、洵は将悟に抱かれた。たった一度でいいから、その肌に触れたかった。

もちろん環や家族を裏切る罪深さは拭《ぬぐ》いきれなくて、最後の最後まで迷っていた。

将悟はすべて白紙に戻して、洵との関係を築《きず》くつもりだと言ってくれたけれど、医師という職業を持ったままでそんなことができるはずはない。それを将悟に望んでもいない。

洵だって——家族を悲しませるような真似《まね》はしたくない。なにより期待の外科医である将悟の将来を思えば、気持ちを打ち明けることなどとてもできなかった。

将悟がそう言ってくれた——それだけで充分だった。それとこの夜のふたりだけの記憶があれば、昨日までと変わらない日々を続けられると思った。

思い出に……しよう。

衣服を整え、もう一度ベッドの上の将悟を振り返る。

忘れない。熱い唇も強い腕も、その情熱も言葉も——。将悟が自分だけのものだった、この夜の幸福な時間のことを。

だから……あなたは忘れてほしい。

今夜のことは一夜の夢として、これまでどおり変わらず真っ直ぐに上昇を目指して。

洵の指先が、見下ろす将悟の唇へと伸びる。しかし触れることはないまま握り込んで、自分の胸へと押しつけた。

さよなら、宇堂さん――。

今この瞬間から、洵は将悟を拒絶する。それが洵にできる愛の証《あかし》だった。

別れの言葉を胸の中で告げ、重い足を引きずってドアへと向かう。

未練がましく最後にもう一度ベッドを振り返り、ため息を残してドアを閉じた。


目覚めたときには、すでに洵の姿は消えていた。

もうここにいないとすぐに気づいたけれど、それでも部屋中を探し回らずにはいられなかった。

なにか予定があったのかもしれないし、寝ている将悟を起こすのは気が引けて、なにも言わずに帰ったのかもしれない。わけもなく感じる胸騒ぎを鎮《しず》めようと、そう自分に言い聞かせて熱いシャワーを浴びる。

水流と一緒に洵の感触が肌から洗い落とされていくような気がして、思わず濡れた手を握り込んだ。

なにを……不安になる？

けっきょく洵からははっきりと気持ちを聞いたわけではないが、将悟の背中をきつく抱きしめてきた腕の感触や、向こうからのキスが、洵の心を伝えてきた。そう感じたのは、将悟のうぬぼれではないと思う。

少なくとも過去に洵と関わった男たちや洵の片想いの相手よりも、今きっと自分は洵に近い場所にいるはずだった。

昨夜の出来事は将悟にとっても予想外で、急ぎすぎた展開だったが、これから時間をかけてもっと自分の気持ちを伝えて、繋がりをたしかなものにしていくつもりでいる。

しかし――。

どこか不安が拭い去れないのは、ここに洵がいないからだろうか。

とにかく一刻も早く病院へ行って洵と話をしようと思い、ホテルから直接出勤した。

午後から勤務に入る洵がいつ現れるかと、将悟は院内を移動するたびに洵を探したが、昼を過ぎても不思議なほどにその姿が見つからない。

おかしい……なぜだ。

故意に避けられているのではないかと、そんな思いが頭を過《よぎ》り、不安と焦《あせ》りが時間を追うごとに肥大《ひだい》していく。

聞けずに終わった洵の気持ちを感じ取ったつもりでいたのは、自分の勘違《かんちが》いだったのではないかとさえ思えてくる。黙ってホテルから姿を消した行動が、疑惑に拍車をかけた。

そんなはずはないと否定しながらも、洵からのたしかな言葉が聞きたい。

そして今後のことについても、話をしたかった。少なくとも将悟が具体的にどう動くつもりかを、先に知らせておきたかったのだが——。

夕方将悟は、内科の予約外来《がいらい》の終了時間を狙《ねら》い半ば待ち伏せるようにして、ようやく洵を呼び止めることができた。

しかし一瞬脅えたような目を向けた洵は、

「すみません、急用があるので」

慌てて目を伏せ、そそくさと横を通り過ぎていった。

もちろん病院内で甘い反応を期待していたわけではないが、あまりのよそよそしさに、将悟の懸念はいっそう深まっていく。

俺を、避けてるのか……？

ふいに思い出したのは、昨夜洵のほうからくちづけてきた後の苦しげな表情だった。

家族の、特に環の問題が、洵にとって大きな枷なのはわかる。だからこそ今、話ができるまで追いかけたかったけれど、これから出かけなければならない。

将悟は遠ざかっていく白衣の背中を見つめて、小さなため息をついた。


辺りが闇《やみ》に包まれ始めたころ、将悟は聖ヨハンナ女子医大付属病院に着いた。

昼間のうちに環に連絡を取り、なるべく早く会って話がしたい旨《むね》を伝えていたのだ。

初め環は次の休日を挙げたが、将悟の様子からなにかを察したらしく、三十分程度ならという限定付きで休憩時間を面会に充《あ》ててくれた。

病院内のカフェテリアで会った環は、院長宅で見たときよりもさらに生き生きとしていた。バレッタでひとまとめに捻《ね》じり上げた髪も最低限のメイクも、仕事に追われているというよりも、充実した時間を過ごしている印象を受ける。

「わざわざ来ていただいて、申しわけありません」

「いいえ、こちらこそ。無理をお願いしました」

コーヒーカップを口に運びながら、環は苦笑する。

「しかも実質十五分ほどしか時間が取れないんです。なんとなく予想できますけど、お話をどうぞ」

聡明《そうめい》な環のことだ。直接顔を見て話したいと申し入れた時点で、察しているのかもしれない。

「……はい」

将悟は真っ直ぐに環を見つめた。

優秀な医師であることはもちろん、ひとりの女性として見ても魅力的だと思う。外科医の道を極めたいと思っている将悟には、願ってもない相手であることもたしかだろう。

事実そう感じたからこそ、結婚を前提とした交際をすることに同意したのだったが——。

「おつき合いの話を取り消させてください」

環はわずかに目を開いただけで、さして驚いた様子もなかった。

「理由を聞かせていただけますか？」

「……他に好きな人がいます」

「あら……」

ひそめた眉の下で将悟に向ける目が冷ややかになる。

「そんなときは、最初から話を受けないものだわ」

「おつき合いを決めたときには、まだ自分の気持ちに気づいていませんでした。こんなことを言っても、信じてもらえるかどうかわかりませんが……」

ほつれ毛を耳にかけて、環は少し首を傾けた。

「ずいぶんとハイスピードね。それで、もうその方とおつき合いしてらっしゃるの？」

「いえ……告白はしたんですが」

くっきりとした目が瞠られる。

「じゃあ、返事はまだ？」

将悟は頷いた。あの洵の態度を見た後では、そう答えるしかない。

「……けれど、こうすることが自分のけじめですから」

「返事がどうであっても、先生の気持ちは変わらないということですね……」

「勝手を言って申しわけありません……」

テーブルにつきそうになるほど、深く頭を下げる。

「わかりました」

「え……」

あまりにもあっさりとした返事に、将悟は環を見上げた。

「みすみす泥沼《どろぬま》に踏み込む気はありませんし、おつき合いといってもまだなにも始まっていませんしね。早いうちにわかってよかったわ」

笑みこそ浮かべていないが、環は特に憤慨《ふんがい》している様子もなかった。もちろん将悟に対して未練があるようでもない。

「ご自宅のほうへは、改めてお詫びに伺《うかが》います」

院長は海外出張中だった。帰国を待っての報告ということになる。

「ああ、そうですね。父はちょっと厄介かもしれません。宇堂先生のことがたいそうお気に入りだから」

「私の身勝手ですから。誠意を持って謝罪します」

じっと将悟を見つめていた環は、小さな声で笑った。

「先生が恋愛にのめり込むタイプだなんて、意外だったわ。もっと冷めたというか、関心が薄いのかと思ってました」

「そう…ですか」

それは将悟も同意見だ。自分でも不思議なほど、洵に焦がれている。

環は腕時計を見て、残りのコーヒーを飲み干し席を立った。

「慌ただしくてごめんなさい。これで失礼します」

「ああ、お忙しいところを、こちらこそありがとうございました」

慌てて立ち上がった将悟を、洵とよく似た面差しが見上げる。

「じゃあ先生。お幸せを祈っています」

きれいな微笑を浮かべると、環はぴんと背筋を伸ばして、颯爽《さっそう》とカフェテリアを出ていった。


将悟は成和病院《せいわびょういん》へと車を向けた。洵は今夜当直のはずである。

待機時間をカンファレンスルームなどで勉強や読書に充てていることが多い洵だが、覗いてみたそこに姿はなかった。

仮眠室の並ぶ通路へと向かうと、果たしてドアのひとつに、在室を示すネームプレートが差し込まれている。

急患が運び込まれないことを祈りながら、将悟はドアをノックした。

呼び出しは主に院内専用の携帯電話で行われる。直接ドアを叩かれることなどめったにないはずで、しかも過日《かじつ》高柳に乗り込まれた洵にしてみれば、警戒するのも当然のことだろう。

室内から「はい」と返答が聞こえ、名乗りを上げるのを待っている。

「宇堂だ」

ドアの向こうに気配はあるのに、すぐに動きがないことが、洵の躊躇いを知らせた。

「話がある」

なおも将悟が迫ると、ようやくドアが細めに開く。隙間から顔を見せた洵は、堅い表情で将悟を見上げた。

「……なにか？」

中に入れないつもりか？

人目を気にしているのとは違うよそよそしさと拒絶の色を感じて、それがなぜかという疑問よりも苛立ちを覚えた。

どうしてそんな顔ができる——？

「俺を避けてるのはなぜだ？」

腹の探り合いは好まない。

先にホテルを去ったのも、今日一日ろくに言葉も交わせなかったのも、洵の意志によるものなのだろう。

あんなに熱い時間を過ごし、気持ちを受け入れてもらえたと感じたのは、将悟の思い過ごしなのか。まさか洵にとっての将悟は、片恋のつらさを紛《まぎ》らわす一夜の相手でしかなかったと言うのか——確かめずにはいられない。湧き上がる不安を抑えつけてでも。

「……先生……」

洵の目がさまよいながら背《そむ》けられる。

「あのことは……忘れてください……」

その瞬間、ドアを摑んでいた手を洵の肩に伸ばしていた。身体を割り込ませるようにしてドアを開き、室内に押し入る。

逃れようとする洵の片手を摑んで、腰を引き寄せた。

「……どういう意味だ？」

洵は顔を上げようとしない。引き結んだ唇がかすかに震えている。

「どうかしてた……酔ってたんです。あんなことするつもりじゃ……なかった……」

ほっそりした手首を、無意識に捻《ねじ》り上げてしまう。

「本気じゃなかった……って？」

「本気もなにも――っ」

将悟の胸を押し退《の》けようと、洵は自由になる片手を突っ張った。

「あんなふうになるべきじゃない！　あなたは環の――」

「環さんには会って話してきた」

「え……？」

呆然《ぼうぜん》と目を瞠る洵の身体から力が抜ける。

「他に好きな人がいるからつき合えない——、と謝ってきた」

「な……なんてこと……先生っ、すぐに撤回《てっかい》してください！　今すぐ——」

将悟のジャケットの衿《えり》を摑んで、洵は必死の形相《ぎょうそう》で訴えてきた。

「もう彼女とつき合う気はない。俺が誰を愛してるか、おまえがいちばんわかってるだろう？」

「やめてください…っ！」

激しくかぶりを振り、洵は将悟を突き飛ばすようにして後退《あとずさ》る。

「どうして……あなたは…っ……」

よろめく身体を壁際のロッカーで支え、恨《うら》めしそうな目で将悟を見た。

どうしてと問いつめたいのは将悟のほうだ。

どうかしていたとか、そんなつもりじゃなかったとか、なぜ今になってそんなことを言う？

将悟は気持ちを伝えた。受け入れる気がなかったのなら、あの場で拒絶すればよかったのだ。

昨夜——、胸の中に抱きしめた洵から伝わってきた熱が偽《いつわ》りだなどと、信じたくもない。裸《はだか》の身体と心が、たしかに触れ合ったはずなのに——。

「おまえがなにを気にしているかは予想がつく。それで胸を痛めていることもわかる。片想いの相手が思いきれないのもあるだろう。けれど、そんなものを全部ひっくるめた上で、俺はおまえを愛してる！」

将悟のひと言ひと言に撃ち抜かれるように、洵は苦しげな顔で白衣の胸を押さえる。

引き替えにしなければならないほど、欲しいものなどない。洵の他には。

その気持ちを、なぜ受け入れてくれない——。

「……先生……」

やがて洵は深く息をつくと、将悟を静かな眼差しで見つめた。

「俺はあなたのことなんて……なんとも思っていない」

「洵……！」

「今後あなたとプライベートで会うつもりもないし、同僚として以外の関わりを持つ気もありません……」

頑なな態度に歯嚙みする。

それが本心なら……どうしてそんなに手が震える——？

取り繕《つくろ》った表情の下に、胸の痛みに涙を流す洵が見えるようだった。

しばらく無言で見つめ合った後で、将悟は吐息を洩らした。

将悟がなにを言っても、洵が今はそれ以外の態度を取ろうとしないなら、将悟も自分の思うとおりにさせてもらう。

洵が障害と思っているものなど、すべて乗り越えられるのだと示してみせる。

ふいに呼び出しのベルが鳴った。

強い思いに囚われていた将悟は、はっとして顔を上げる。

洵はようやく助けが現れたとばかりに安堵の表情を見せ、携帯を取り上げた。

「……はい。……わかりました。すぐ行きます」

「洵……！」

将悟の横を通り過ぎようとするのを、腕を摑んで引き留めた。

「急いでるんです！　これ以上──」

「諦めない」

「……っ……」

息を飲む洵の横顔。

視線が交錯《こうさく》する。

一瞬恐れるように瞳を揺らした洵は唇を噛み、将悟の手を振り払って仮眠室を飛び出していった。

「――あとここですね。この薄く白い影。確率としては低いでしょうけど、場所を考えて組織検査を勧めます」

万が一ということもありますから、と続けて将悟を振り返った洵の表情は、なんの感情も映していない。むしろこれまで常に漂わせていた穏やかな雰囲気までが消え去って、事務的な会話以外のなにも見出せなかった。

院内で顔を合わせたときにいつも将悟に向けられていた、どこかはにかんだような眼差《まなざ》しはすでに遠い。あの夜の濡《ぬ》れた瞳は言うまでもなく――。

顔は将悟のほうを向いていながらも、わずかに焦点をずらした視線に、将悟はただ机の上でペンを握りしめる。

肺ガンと診断された患者の、術前カンファレンスの席でのことだった。

あの仮眠室での洵の拒絶から一週間。病院内で顔を合わせる洵は、文字どおりとりつく島もないありさまだった。

洵が自分との関係に足踏《あしぶ》みする理由が、なにかということはわかっている。しかし環を含む洵の家族との問題も、そこから派生する成和病院の一族としての義務の問題も、一方的に受け入れる以外に方法のないことだろうか。

もちろん当事者である洵の立場を、すべて細かく具体的に理解してはいないかもしれない。ものごとの受け止め方の違いもあるのだろう。

しかし洵が、それらを押しても共にありたいとわずかでも望んでくれるなら、将悟は今すぐにその手を引いて一緒に歩んでいくつもりだった。

ふたりの未来がかかっているのだ。将悟にとっても、それは洵と共に生きていくための道のりとして、一緒に立ち向かって当然のことだと思っている。

そう伝えたのに……どうしてわかってくれない？

目の前の壁が乗り越えられないものだというよりも、乗り越えてはいけないものだと洵は考えているような気がする。

それは洵の将悟への気持ちが、それほどの苦難を越えていくには値しないということなのか。

ふと思い当たって、押し当てていたペン先が唇から離れる。

片想いの相手……か？

洵がずっと想い続け、諦めようとしても諦めきれずにいる男――。将悟の気持ちに向き合ってくれないのは、そのせいなのだろうか。

将悟が誰よりも強く想っても、洵を振り向くことのないその男に負けるというのか。苦しむだけの恋を、将悟より選ぶと――？

……嫌だ――。

自分が幸せにしてみせる。心からの微笑《ほほえ》みを、洵に与えてみせる。

自分はそのために生まれてきたのだとさえ、今の将悟には思えた。

「朝霞先生」

カンファレンスが終了し、早々に資料をまとめて席を立った洵を、将悟は呼び止めた。

俯いたまま肩を揺らした洵は、わずかに眉《まゆ》をひそめて顔を上げた。

「……なにか?」

「訊《き》きたいことがあります」

他のスタッフたちは、次々と背後を擦《す》り抜けてカンファレンスルームを出ていく。

救いの手が伸びるのを待つようにそれを見送っていた洵は、全員が立ち去ってしまうと、思いきるように短く息をついて将悟のほうに身体を向けた。

「なんでしょう?」

忙しいという意思表示なのか、手にしたファイルを開いて目を落とす。

「勤務後に時間がほしい。いつなら空いてる?」

将悟は白衣が触れ合うほど詰め寄って、じっと洵を見下ろした。常識を超えた距離に、洵は息を飲んで一瞬視線を絡ませた後で、狼狽《うろた》えたように閉じたドアのほうを向いた。

「なんの話かと思ったら……勤務中ですよ?」

「じゃあいつ話せばいいんだ？　俺を避《さ》けまくって、勤務明けも逃げるように帰っていくくせに」

将悟の手が洵の肩を摑《つか》む。

「宇堂先生……っ」

もう他には誰もいない部屋だったが、洵は潜《ひそ》めた制止の声を上げる。まるで誰かに聞かれるのを恐れているように。

肩を摑んだ手を振り解き、洵は後退《あとずさ》った。

「言ったはずです。あの夜のことは忘れてください、と」

「俺も諦めないと言ったはずだ。おまえを愛しているからと――」

将悟の言葉を遮《さえぎ》るように、ファイルが机に叩きつけられた。洵の横顔が唇を嚙《か》みしめる。

「……一度寝たくらいで、勘違いされたら迷惑だ」

「洵……」

「だいたい愛してるって、それでどうするつもりですか？　俺とあなたがくっついて、なにかプラスになることがありますか？」

一瞬感情を露《あらわ》にした自分を恥じるように、洵はファイルを胸に抱えた。

「好きなら、一緒にいたいと思うのは当然だろう。損得なんて関係ない」

将悟の答えに、大げさにも見える笑いが返った。

「だから私は、あなたのことなんかなんとも思っていません」

見据えるような眼差しとその言葉が、将悟の胸に突き刺さる。

「私が宇堂先生にお願いしたいのは、外科医としてこの病院に力を貸してくださることです。そう……できれば妹と一緒になって――」

洵の言うことは、一週間前に仮眠室で聞いたことと同じだった。しかしあのときに見られた動揺が消えている分、言い返す将悟の言葉は押し返されて滑《すべ》り落ちていくだけのようだ。

洵を愛している――その気持ちさえ、拒絶の殻《から》に跳《は》ね返されて洵の心には届かない。だから環と一緒になってほしいなどと言えるのだろう。

「……愛してもいない人と、結婚なんてできない」

「そうですか？　でもそれで得るものは多いと思いますけど」

「洵、どうして――」

頑《かたく》なな態度に苛立《いらだ》ちさえ覚える。なぜ本心を見せてくれないのか。

将悟のほうを向く選択肢など端《はな》からないのだと、どうして背中を見せるのか。

本当に……俺のことは少しも想っていないと……？

そうは思えなかった。いや、思いたくなかった。

「あの夜のおまえは、そんなふうに見えなかった……」

女々《めめ》しくも思える言葉が、口をついて出る。洵が自分にひとかけらも好意を抱いていないとは、どうしても思えない。あのときの洵の苦悩は、将悟の想いに応《こた》えるべきか否かの迷いゆえだったはずだ。

しかし今、眼鏡《めがね》の奥の目はわずかに細められて苦笑を浮かべる。まるで、勘違いして先走っている男を憐《あわ》れむように。

「感傷的になったり、人肌が恋しかったりするときだってあるでしょう？」

心の空隙《くうげき》を埋めて、欲望を満たしてくれる相手なら、誰でもよかったのだと――？

そうだろうか。

その場限りだったと言うのなら、その後も割りきってふつうの態度でいられたはずだ。むしろ洵は、必要以上に将悟を意識して避けていたではないか。

「俺には、信じられない……」

首を振った将悟を映した瞳が揺らぐ。それを隠すように睫《まつげ》を伏せた洵は、突然低く笑った。怪《け》訝《げん》に思って眉をひそめる将悟に、これ見よがしのため息をつきながら髪を掻《か》き上げる。

「……そんな理由をつけなくても、宇堂先生がお望みなら、ときどきはお相手をしてもいいですよ？」

信じられない言葉を聞いて目を瞠《みは》る将悟に、嫣然《えんぜん》と微笑み、肩に手を乗せる。耳元に近づいた唇が囁《ささや》いた。

「身体の相性は悪くなかった……」

頬《ほお》を撫《な》でた吐息にぞくりとしながらも、将悟は洵を押し返し平手を張った。

乾いた音に続いて、眼鏡がリノリウムの床に軽い音をたてて落ち、机の下を滑っていった。

将悟は唇を噛みしめ、自分の手のひらを見つめる。

どうして、そんな――。

露悪的な洵の言葉が本心を隠してのことだと、わからないとでも思っているのか。

いや――、怒るべきは、愛する人にそんな態度を取らせてしまった自分自身だ。そして洵の本心に気づきながらも、激情に駆《か》られ手を上げてしまったことをも悔《く》やむ。

――情けなくて涙も出ない。

好きだからと、やみくもに気持ちを押しつけるだけのつもりはない。けれど、結果として今の自分はそうなっているのだろうか。

どうしたら……。

乱れた髪の隙間《すきま》から、叩かれて紅《あか》くなった頬が見える。洵はゆっくりと身を屈《かが》めて眼鏡を拾うと、唇を歪《ゆが》めるような笑みを浮かべて将悟を一瞥《いちべつ》し、

「失礼します」

踵《きびす》を返した。

ほっそりとした白衣の背中が廊下へ消え、スライドドアが音もなく閉じる。

将悟に応えることが互いになんの益ももたらさないと、洵は思っている。洵を好きになったときには、すでにそんな損得勘定は頭から抜け落ちていた将悟には、そんなことを気にする洵がわからない。この気持ちと——洵と引き替えに値するものなど、存在するはずもないのに。

しかし、洵自身はどうなのだろう。

今の生活を崩して将悟の腕に飛び込んできてくれと、無理強《むりじ》いはできない。恋愛とは別に、洵自身の人生というものはある。

どんなに将悟が強く愛していても、それを大義名分にして洵自身の人生を指図することも、自分との関係を強要することもできないし、したくなかった。

じゃあ、諦めるのか——?

ひとりの部屋の中で、将悟は首を振る。

できない。

これほどまでに心奪われた人をこのまま諦めたら、きっと一生後悔する。

ひとつひとつ、洵の枷《かせ》を外していくしかなかった。

一度拒絶されたくらいで離れる気にはなれないのだから、辛抱強く洵の心を溶かしていけばいい。

問題は、自分にその時間が残されているかどうか。現実にいつまで洵のそばに――、この病院にいられるかだった。

「環……ちょっといいか？」

深夜に環が帰宅した物音を聞きつけ、洵はしばらく躊躇《ためら》った後で環の部屋のドアをノックした。

「どうぞ。早く寝たいから手短に頼むわ」

洵の部屋と大差なくシンプルなインテリアで統一された中で、唯一女性の部屋だと識別できるのは、大きな鏡のドレッサーだった。

すでに着替えを終えて、その前に座って化粧を落としていた環は、ボトルの中身をコットンに染み込ませながら、鏡越しに洵を見た。

「宇堂先生のことなんだけど……」

「ああ」

どことなく自分に似た顔が苦笑して、身体ごと振り返る。

「先生から聞いたの？　おつき合いは解消したわ」

「環──」

洵は思わず歩み寄った。

「もう一度、よく考え直してくれないか？」

「ちょっと待って。経緯《いきさつ》は正しく聞いてる？　白紙に戻したいと言ってきたのは、宇堂先生のほうよ？　好きな人がいるんですって」

それが自分の兄のことを指しているとは夢にも思わないのだろう環の言葉に、洵の胸がぎゅっと詰まる。罪悪感で身が切られるようだった。

今の洵と同じような罪の意識を、将悟が環に対しまったく抱かなかったとは思えない。それでもなお、訣別を告げることを選んだのか。

どんなことでも、誰に対しても自分の気持ちを曲げない将悟──。その強さはどこから来るのだろう。

しかしそれは同時に危険でもあると、わかっているのだろうか。真実がいつも正しくてまかり通るとは限らない。

「……でも、見込みのない相手らしいじゃないか。宇堂先生にとっても、おまえと一緒になったほうが――」

きれいに整えた眉を吊《つ》り上げて、環はじっと洵を見据えた。

「洵、本気で言ってるの？」

「え……？」

怒鳴ったり泣いたりと派手な感情表現はしない妹の、怒りが眉に現れることを洵は知っている。そしてどうやらそれは、話題になっている将悟に対してではなく、洵の発言に向けられているらしいと察して戸惑《とまど》った。

「人生を共にする相手をそんなふうに選んで、洵は平気なわけ？」

「それは……」

断られた相手との復縁を願うのは、環のプライドを傷つけたのだろうか。

合理的でクールなタイプだと思っていたから、成和病院にとってどう進むことが得策か、本質を見るとばかり考えていたが。

「好きな人がいるからつき合えないって、最大で絶対な理由じゃない？　私はそれまでより宇堂先生の好感度が上がったわ。先生の恋を応援したいとも思った」

きっぱりと言いきる環に、将悟への未練や執着はないように見える。

でも……このままでは宇堂さんは……。

父に話が届けば、きっと将悟は成和病院を去ることになるだろう。父の機嫌如何《いかん》では、他の病院で働くこともむずかしくなるかもしれない。

洵の沈黙をどう取ったのか、環は肩をすくめた。

「まあ、たしかに優秀だしいい男だし、ちょっと残念ではあるけれど。でも一緒に生きていく相手が互いにとっていちばんじゃないのは、不幸なことよね？　だから私は、宇堂先生とはつき合わない」

そう言って鏡に向き直り、スキンケアを再開する。

これ以上環には言っても無駄のようだ。

ということは、今後将悟を説得することも意味がなくなる。

「……そうか、わかった」

将悟のためになんの手助けもできない。

そもそも、あの夜洵が徹底的に拒絶すれば、将悟だって環との交際を解消することはなかったかもしれないのに。

一度だけだからと、自分に言いわけした結果がこれだった。

全部、俺のせいだ——。

「洵——」

踵を返した洵の背中に声がかかる。

「この際だから言っておくわ。いずれそっちも結婚の話が持ち上がると思うけど、病院経営と恋愛や結婚を同一線上で考えるのは、間違ってるわよ」

「環……」

環が言っているのは、単純に政略結婚をする必要はないということなのだろうが、洵には一瞬将悟との関係を示唆《しさ》されたような気がした。

「……なんでそんなこと……？」

緊張で喉《のど》が渇《かわ》き、掠《かす》れ声で問うと、環はくすりと微笑《わら》った。

「洵は病院のことや、お父さんの意向を優先しそうな気がするから。でもこれは洵のためだけじゃないわ。そんなふうに結婚される相手だって気の毒だし、そのために誰かが身を引かなければならないなら、もっとかわいそうじゃない？」

なにか気づいているのではないだろうかと、ふだんから勘のいい妹のことが少し恐ろしくなる。

洵は、「おやすみ」と口の中で呟《つぶや》いて、逃げるように環の部屋を出ていった。

「おう、宇堂。ここだ」

待ち合わせ場所の割烹《かっぽう》料理屋ののれんを潜《くぐ》ったのは三年ぶりだった。

以前は月一回ほどの割合で訪れていたものだが、変わらぬたたずまいに過ぎた年月を忘れそうになる。

「元気そうだな。相変わらず男前の顔しやがって」

同じく三年ぶりの顔が、こちらはひげを蓄《たくわ》えて、小上《こあ》がりの座敷口から手を上げた。

将悟は笑みを返し、座卓の向かい側に座る。

「お久しぶりです、町田《まちだ》さん。少し痩《や》せましたね」

そうは言っても引き締まったというのか、日に焼けて前よりも健康的な風貌《ふうぼう》だった。

「はは、中年太りの危機からは脱却さ。なにしろ目の回るような毎日だからな」

「電話をもらって日本にいると聞いて驚きました。いつ戻られたんです？」

町田は英啓大《えいけいだい》医学部《いがくぶ》付属病院《ふぞくびょういん》時代の二年先輩の脳外科医だった。山男のような外見とは裏腹に、繊細にメスをさばく指先を持つ。

そして将悟と同じように、大学病院ではどこか浮いた存在でもあった。

そんなところが気の合う理由でもあったのか、所属科を越えて親しくしていたのだが、三年前に突然退職して、ロサンゼルスの救命救急医療センターへと活躍の場を移した。

そういえば、渡米の話を聞いたのもここだったな……。

「一昨日《おととい》だ。昨日、一番下の妹の結婚式があってな。明日帰る」

「それは……腰を落ち着ける間もないじゃないですか」

「患者は待っちゃくれない。必要とされてるんだからさ、応えてやろうじゃないの」

笑って将悟と自分の杯《さかずき》に酒を注ぎ、軽く掲げてひと息に流し込む。

「実際のところ、医者はいくらいても足りない感じだ。肉体的にもそうだが、精神的にキツイ現場だから。……ボロボロ死にやがる」

将悟は杯を口にして頷《うなず》いた。

救命救急の性質上、運び込まれるのは命に関わる重体患者が多い。場所柄、銃や薬物の被害もあるだろう。

命の刻限《こくげん》を切られた患者であっても、医師はその運命を覆《くつがえ》す可能性を信じて、治療する以外にすべはない。

常に己の力を試され、そして無力さに肩を落とすこともある日々——。

「スタッフの入れ替わりが激しいとは聞いています」

「ああ。俺なんざもう、古いほうから数えたほうが早い——おっ、うまいな、これ」

「町田さんは……他に移る気はないんですか?」

町田はカレイの唐揚《からあ》げを咀嚼《そしやく》しながら、目だけを将悟に向けた。銚子《ちょうし》を突き出され、将悟は慌《あわ》てて杯を干して差し出す。

「……やめらんねえよ」

杯を満たしながら、町田は呟いた。

「運び込まれる患者がいる限り、俺はあそこを出ていけねえ」

「…………」

やはりこの男と自分は同じだと、将悟は思う。

医師としての使命だとか、人道主義だとか、そんなたいそうなことを言うつもりはない。ただ強いて言えば、医師の本能が患者を救うことしか考えられなくなる。助けを求めている患者がいれば、それを治療するのが、自分たちには呼吸をするように当たり前のことなのだ。

杯の中で揺れる酒を見つめていた将悟の耳に、低い笑いが聞こえた。

「おまえはどうなんだ？　成和病院の居心地《いごこち》は」

「ええ……充実してます。でも――」

おそらく近いうちに離れなければならないだろう。

打たれた紅い頬で、自嘲《じちょう》するように笑った洵の顔が脳裏に浮かび、将悟は座卓の上で拳《こぶし》を握りしめる。

「ん？　どうした？」

「……いえ、なんでもありません」

そんなことを町田に言ってもしかたない。

すでに三本目の銚子に手をつけていた町田は、しかし少しも酔ったふうはなく、じっと将悟を見つめた。

「お待たせしました」

絣《かすり》の着物に白い割烹着の女将《おかみ》が、熱燗《あつかん》二本と角煮とエビ団子の器を並べていく。

「追加があったら呼んでくださいね」

町田は返事代わりに軽く手を上げて頷くと、器の中身をひと口つまんで箸《はし》を置いた。一転した鋭い眼差しは大学病院時代そのままのもので、つられて将悟も頬を引き締める。

「――さて、本題に入るか」


帰宅早々母に捕まり、焼きたてのアップルパイと紅茶をお供に話し相手をさせられた洵は、小一時間後ようやく解放されて自室に引き上げてきた。

抱えていた数冊の本を机の上に置き、その上に眼鏡を乗せて、ため息をつきながら上着を脱ぐ。

環はめったに相手をしてくれないのがわかっているから、母のターゲットになるのはいつも洵だった。疲れて帰ってくると煩《わずら》わしいと思ってしまうこともあるが、待ちかねていたような顔で出迎えられると、邪慳《じゃけん》な態度は取れない。

ネクタイを解いてワイシャツのボタンを外したところで、壁にはめ込まれた細長い鏡の中で動く自分の姿に、ふと目が留まる。

洵はシャツを脱ぎ捨て、鏡と向き合った。

そこここに色鮮やかに散っていた、将悟が残した跡もすでに消え、ぼんやりと白い平凡な裸身《らしん》が映っている。

熱く激しかった抱擁《ほうよう》も、遠い過去のことのようだ。いや、本当に一夜の幻《まぼろし》だったのかもしれない。

宇堂さん……——。

最後に将悟と言葉を交わしてから、数日が過ぎていた。

洵の頰を張った将悟は、間違いなく激昂《げっこう》していた。なにを言っても通じない洵に、いい加減愛《あい》想《そ》も尽きたのだろうか。

その後院内ですれ違っても、わずかに逡巡《しゅんじゅん》するような様子はあるものの、視線はすぐに離れていく。洵はそれにほっと胸を撫で下ろしながらも、どこかもの寂しい気持ちに浸されるのを止められなかった。

ただの同僚にも、もう戻れないのか……。

そんなことを願うほうが、虫がよすぎるのかもしれない。

職員食堂での他愛《たわい》のない会話。食事はしっかり摂《と》るようにと、窘《たしな》めるように突き出された指。

厚めの唇が弧《こ》を描く微笑《びしょう》——。

そんな記憶がたまらなく懐かしく愛《いと》しく、二度と手に入らない時間が悲しい。

大きくて力強い手を思い出して、自分の肩を抱く。

宇堂さん……っ——。

たとえ将悟に恨まれても離れるべきだと決めたのに、焦《こ》がれる気持ちは少しも治まらない。むしろ日一日と深く強くなっていくようで——。

この気持ちを忘れるなんて……できない…っ……。

だからもう洵は、恋心を無理に閉め出すことはやめた。

けれど、決して自分の外には出さない。将悟にはもちろん打ち明けないし、気づかせない。

将悟を愛しているから——。

それが、洵の愛の示し方だった。

しかしその心と裏腹な行動は、ひどく疲れるものだった。叫んで抱きしめたい衝動を抑えて、ことさら無関心を装い……。

その分、将悟の視線が外されている隙に、洵の目は無意識のうちに将悟の姿を追う。目が合うのを避けるために見つめられなかった分を取り戻そうと、きっと貪《むさぼ》るような眼差しで――。

のろのろとパジャマに着替えカーディガンを羽織《はお》ると、洵は気持ちを切り替えるようにして眼鏡をかけた。椅子に座って、持ち帰った経営の本を開く。

しかしいつの間にか目は字面だけを追い、脳裏には将悟の姿が浮かぶ。

日々の勤務に加えて、今週は神戸《こうべ》での心臓外科学会での論文発表を控えており、将悟は多忙を極めているようだった。

まだ博士号を取っていない将悟には、この論文の評価が取得の足がかりになるだろう。学会出席を勧めた院長の意図も、そこにあったはずだ。

わずかな休憩時間にも資料を手放さなかった将悟の姿を目にしているから、洵は論文が評価されることを願って止《や》まない。

あまり考えたくはないことだが、環との縁談が白紙に戻ることが理由で成和病院に留《とど》まれなくなり、他の主立った病院へ移ることすらむずかしくなることも考えられる。

しかし論文が認められれば、そこから将悟の医師としての能力を酌《く》み取って誘致を望む病院もあるかもしれない。今回の学会は、国内では権威あるもののひとつで、発表は箔付《はくづ》けにもなるものだった。

あるいは論文を持ってひとまずは大学の研究室に入り、学位を取得してから現場に戻るという手もある。

洵が差し伸べられる手を持っているならすべてを使いたいところだが、さすがにそういった手助けができる立場ではない。せめて論文発表の成功を祈るだけだった。


「あら？　おはようございます、宇堂先生。今日から学会でお休みだったんじゃありませんか？」

朝の病棟回診を終え、ナースステーションでカルテを捲《めく》っていた洵は、廊下から聞こえた看護師の声に、思わず顔を上げた。

エレベーターの前にボストンバッグとコートを手にした将悟がいる。濃紺《のうこん》のスーツをまとった逞《たくま》しい長身に、ナースステーションにいた看護師からも感嘆のため息が洩《も》れ聞こえた。

「ちょっと片づけておきたい仕事があったから」

「そんな、余裕見て出かけたほうがいいですよ。今日の午後の発表でしょう？」

「飛行機は昼前だよ。まだ時間はある」

頬を染めてまだ話し足りなさそうな看護師に手を上げ、将悟は医局のほうへと歩いていった。

……よかった。落ち着いてるみたいだ。

これまで臨床ばかりできた将悟には慣れないことで緊張しているかと、洵は勝手に気を揉《も》んでいたのだが、よけいな心配だったらしい。

必要以上に虚勢を張ることもなく、ありのままで向かっていこうとする将悟だからこそ、どんな状況でも自然体でいられるのだろう。

だいじょうぶだ。発表は成功する。

そしてどんな展開を迎えようとも、将悟は自分が信じる医師としての道を突き進んでいくだろう。——洵の目の前から消えたとしても。

それこそが、俺の願うことじゃないか……。

カルテに目を戻したところで、ナースステーションの内線電話が鳴った。

「はい、西二病棟。……ああ、いらっしゃいますよ。朝霞先生！」

向かいの席で日誌を記入していた主任看護師の手が、受話器を向ける。

「小児科《しょうにか》の柴《しば》先生から。草野涼《くさののりょう》くんが救急で運ばれたそうです」

「え——」

洵は慌てて受話器を受け取った。

涼は大動脈弁狭窄症《だいどうみゃくべんきょうさくしょう》という、いわゆる心臓弁膜症《しんぞうべんまくしょう》の九歳の少年で、成和病院の小児科に通院している。手術に適した年齢になったら、弁置換《べんちかん》手術の予定なので、いずれ循環器内科の洵の元へ転科してくることになる。

先日の診察日に洵も同席したが、これといって病状の変化はないように見えたが――。

「柴先生？　朝霞です。涼くんは――」

『到着時は呼吸困難と胸痛で、先ほど意識衰失《すいしつ》が……先生、来ていただけますか？』

いつも穏やかな女医の声が、かすかに震えている。

「今、行きます」

洵は叩きつけるように受話器を置いて、ナースステーションを飛び出した。

なぜ急に症状が悪化したのか。

子供は弁置換の手術をしても、成長に伴いサイズに齟齬《そご》が生じるため、調整のための手術を繰り返すことになる。

まだ成長途中の涼には、できるだけ手術を先送りするために、運動制限や食塩制限が課せられていた。しかし子供にそれを徹底させるのは、存外むずかしい。

階段を一気に駆け下りた洵は、救急処置室の自動スライドドアが開くのももどかしく隙間に滑り込んだ。

「朝霞先生！」

涼は処置台の上で、看護師と抱き合うようにして半身を起こしていた。呼吸困難で横たわっていられないのだろう。意識は戻っているようだ。

疾走《しっそう》してきた洵は、上がった息を飲み込むようにして近づく。

酸素チューブは役に立っているのだろうかと疑いたくなるほど、呼吸は浅く荒い。口の周りが薄赤いのは、血痰《けったん》によるものだろう。

「バイタルは？」

「百二十五の六十五、毎分百二十。ＡＣＥｉを投与しました」

「失神は一回だけ？」

頷いた柴が、呻《うめ》いて身震いした涼をはっとして振り返る。

このまま落ち着いてくれなければ……オペか……？

洵はコクリと唾《つば》を飲み込んだ。

あいにくと今日は手術日で、在院の外科医もほとんど手術のスケジュールが入っていた。いざとなったら、二回目を頼むことになる。

緊急手術の可能性が頭を過って、真っ先に浮かんだのは将悟の顔だったが、彼はこれから学会に出かける。もう病院を出たかもしれない。

だめだ、なにを考えてる。宇堂さんを頼るわけにはいかない。

洵は小児科医を振り返った。

「柴先生。いずれにしても、今のうちに外科に連絡を取っておいたほうがいいでしょう」

「そう……そうですね」

胸の前で両手を揉み絞《しぼ》りながら、柴は自分に言い聞かせるように頷いた。

どうか持ち直してほしい——洵は祈るような気持ちで、病と闘《たたか》う涼を見つめる。

「——えっ？　でも……は、はい」

外科に内線を入れた看護師が、困惑の表情で電話を切った。

「どうしたの？」

外科からのクレームでもあったのかと、柴は焦燥《しょうそう》の顔つきで看護師に訊《たず》ねる。

「それが……宇堂先生が待機しますって」

涼のカルテに目を走らせていた洵は、愕然《がくぜん》とした。

——なんだって……？

「え……でも宇堂先生は……」

事情を知る柴も、狼狽えたような声で言葉を止める。柴としては、将悟の申し出は願ってもないことだろうが、手放しで喜べることではない。

学会はどうするのだ。もう出かける時間だというのに。

本気なのか……宇堂さん……っ――。

「……ちょっと……失礼します」

洵は救急処置室を飛び出し、医局を目指して階段を駆け上がった。

ばかなことを……。

ただでさえこれから環との破局報告をすることで、院長の心証は悪くなるはずだ。

洵は決して父が理屈の通らない人間だとは思っていないが、自慢の愛娘《まなむすめ》を拒否されれば面白《おもしろ》くはないだろう。しかも一度は互いに同意して進んでいた話を、突然の心変わりを理由に断られるのだ。

おまけにその相手が、自分が特別に目をかけていた将悟とあっては、裏切られたとも思うのではないだろうか。

ここでさらに学会まで欠席したら、将悟に対する印象は悪くなる一方だ。環だけでなく、成和病院の医師として望まれる姿勢まで拒否したと見なすかもしれない。

そんなこと――させない。学会には行ってもらう。

踊り場を曲がろうとして、ふいに真上から降ってきた影にぶつかりそうになる。

「……あ…っ！」

避《よ》けようと身を捻《ひね》ってよろめいた洵の腕は、強い力で引っ張られ、厚い胸に押さえ込まれた。

――宇堂さん……？

白衣の胸の感触に、顔を確かめるより先に思い当たる。

「だいじょうぶか？」

頭上から響く低い声。

洵は押し返すようにして将悟の腕から逃れ、数歩下がった。すでにスーツの上着を脱いで、白衣を羽織っている将悟に目を瞠る。

しかしその姿は、なんと頼もしく映ったことだろう。彼ならば、きっと涼を救ってくれる。

――いや、だめだ……！

「今、処置室へ向かうところだった。患者の容体は？」

「なにしてるんですっ？」

当然のような顔で質問し、横を通り過ぎて行こうとする将悟に、洵は思わず声を上げてその腕を摑んだ。

踊り場の高い窓から差し込む朝の光に包まれ、将悟はわずかに眉をひそめて数段下から洵を見上げる。患者を救う医師としての緊張感と、なんとしても自分が救うという強い意志が溢《あふ》れた、頼もしくも厳しい表情。

そんな彼だから……惹かれた――。

二度と触れることはないと決めていた人の体温が指先から伝わり、洵の胸は切なく締めつけられた。

感触を惜《お》しむように、ゆっくりと静かに手を離す。

「……早く空港に行ってください。飛行機に間に合わなくなる」

将悟は訝《いぶか》しげに片眉を上げた。

「急患だろう」

「他にも医者はいます！　宇堂先生のしなければならないことは、学会へ行って発表することのはずです」

――頼むから……これ以上自分自身の立場をきびしくしないでくれ。

外科医としての冷静で迅速《じんそく》な判断力、傑出《けっしゅつ》した手術技能。しかしそれらに驕《おご》ることのない、医療に対する真摯《しんし》で誠実な姿勢。

患者の信頼と感謝を受け、スタッフに慕われ――。

洵もまたそんな将悟に憧れて尊敬して止まないから、これまでどおり医師として輝かしい道を歩んでほしい。

そう願っているから、この気持ちを押し込める決心をしたのに……どうしてわかってくれない——？

伝わらない苦しさに、洵は将悟を睨《にら》みつけるようにして唇を噛みしめる。

「——朝霞先生」

将悟は手すりに手をかけて、じっと洵を見つめていたが、やがてゆっくりと首を振った。

切れ長の目も引き結ばれた唇も、彼自身が持つ造作《ぞうさく》の印象以上にはきつさを感じない。

洵の反対に対して、強い感情を表しているわけではなく、むしろ落ち着いた、静かな表情だった。

しかしだからこそ、奥に潜む強い信念を感じさせる。

「医者にとって、目の前の患者以上に優先しなきゃならないものなんてない」

「……っ……」

その言葉に、頭を殴《なぐ》られたような衝撃を受けた。

あまりにも澄みきって強い意志を表す瞳に魅《み》せられ、呆然《ぼうぜん》として立ちすくむ洵の前から、ふいに将悟は踵を返して階段を下り始める。

「——……先生……っ」

響く靴音に、洵は我に返って将悟を呼んだ。

端から言い争いにさえならない。洵の言葉など、なんの威力《いりょく》も持たない。

とうに白衣の背中は視界から消えて、階段を下りていく足音だけがこだまする。

本当にそれでいいのか。決して後悔することはないのか。

今だって洵は心の中でそう問いかけているのに、将悟を追いかけようと足は動かなかった。

追いかけたとしても、止められない――。

将悟の意志を曲げさせることは不可能だ。

そして洵も、もう制止の言葉を口にすることはできないだろう。自分もまた医師である限り、その理念に共感するから。

そしてそんな将悟だからこそ、好きになった――。

四角い螺旋《らせん》を描く階段が、今の洵には白い奈落《ならく》へと続くように見えた。しかし将悟の歩みに躊躇いはない。

階段の上には、確実に医師の栄光が存在していても――下りていくほうを彼が選ぶのであれば、洵はその背中を見送るしかなかった。

救急処置室の様子が気になりながらも、診察開始時間が迫った洵《じゅん》は、内科外来へと向かった。

主治医である柴《しば》と外科医の将悟《しょうご》が揃《そろ》えば、あとはふたりの判断に任せるしかない。

それでも看護師に、経過を伝えてくれるように言い置いておいたところ、検査の結果心不全《しんふぜん》が進行していた涼《りょう》は、昼過ぎに手術室へ入ったということだった。

大動脈弁狭窄症《だいどうみゃくべんきょうさくしょう》による弁置換手術——もちろん執刀医は将悟である。

実際、将悟の手に委《ゆだ》ねられたのは、涼にとっても幸運なことだっただろう。

小児《しょうに》の弁置換手術は、緊急を要する場合を除《のぞ》き、できるだけ成長を待って行われるため、成人と比較して圧倒的に数が少ない。

術例が少なければ当然経験者も少ないわけで、実際この日執刀スケジュールがなかった外科医の中で、過去に小児の弁置換手術を経験していたのは将悟だけだった。

今後、成長に伴って弁の交換手術をしたり、薬の服用が必要になったりと、涼にとってはまだ病気との訣別《けつべつ》は先になるが、身体機能はほぼ快復するはずだ。

午後の予約外来の合間の空き時間に、洵は手術室へと足を向けた。そろそろ手術が終わるころだろう。

患者を搬入する両開きのドアの前で、長椅子《ながいす》に座ってじっと手術中の赤いランプを見つめている涼の両親に黙礼して通り過ぎ、角を曲がった先にあるスタッフ専用の小さなドアから手術準備室へ入る。

手術室とドア一枚で隔《へだ》てられた通路のような小部屋に、落ち着かない様子で椅子に座っている柴がいた。薄い花柄のハンカチが、両手の中でもみくちゃにされている。

「どうですか？」

「ああ、朝霞《あさか》先生。もう、終わると思うんですけど……」

ふたりでドアを振り返ると、ちょうど手術室の自動ドアが開き、まだマスクもグローブも着けたままの将悟が姿を現した。

一瞬向けられた鋭い視線に、洵は立ちすくむ。

「宇堂《うどう》先生！」

しかし駆《か》け寄った柴の声に、その目は移動した。

「終わりました」

グローブを外し、マスクを片耳にだけ引っかけた将悟は、まだ手術直後の緊張感が抜けきらないのか引き締まった面持ちだったが、口元にわずかの微笑《びしょう》を浮かべた。

「お疲れさまです。それで――」

「鬱血《うっけつ》が強かったですけど、置換自体は問題ないと思います。バイタルも基準値内に落ち着いていますから」

「ああ……よかった。ありがとうございます。先生がいてくれたから――」

涙ぐむ柴の肩を軽く叩いて、将悟は歩き出す。

「ご両親に報告してきます」

隅《すみ》に立ち止まったままの洵の前を通り過ぎようとする長身に、ひと言ねぎらいの言葉をかけようと、洵は息を吸い込んだ。

しかし声を発する前にぶつかった視線は、つかの間困惑のようなものを浮かべると、またしても逸《そ》らされる。

一瞬、冷たい風が吹き抜けたような気がした。

そこに将悟の拒絶を感じ、洵はそれ以上動けなくなる。

手術室を出て涼の両親に迎えられた将悟を振り返ることもできないままに、自動ドアは無情に閉じていった。

柴は術後管理室のほうへ移動したようだ。

ひとり取り残された洵は半《なか》ば呆然《ぼうぜん》としていたが、ふと腕時計に目を落として、次の予約外来の時間が迫っていることに気づいた。

摑《つか》みきれないわだかまりを残しながらも、まずは自分の仕事を果たすために、洵は歩き出した。

予約外来を終えた洵は、夕方の病棟回診の後で涼の様子を見に行った。

予後は良好で、心肺はすべて正常に機能している。

あの苦痛に満ちた表情を最後に見た洵には、涼が今穏やかに眠っていることが、本当に嬉しい。

心からの安堵《あんど》に、かすかに口元を緩《ゆる》ませて涼を見下ろしていた洵は、はっとして思い出した。

こんなふうに患者が救われることに、自分が医師であることの意義を感じたのではなかったか。

将悟は正しかった。少なくともこの手術に関わった人間は、皆それを知っている。なによりも患者である涼が、将悟に感謝していることだろう。

『目の前の患者以上に優先しなきゃならないものなんてない』

……俺は愚《おろ》かだ……。

面と向かって言われるまで、気づかなかったなんて――。

将悟のためにということだけで頭がいっぱいになって、いつの間にか患者を二の次に考えていた。

自分なりに医者という仕事に真摯《しんし》に取り組んで、自分にとっては天職だとさえ思っていたくせに――とんだ思い上がりだ。

どんなときでも、たとえ自分がこの先苦難に遭《あ》おうとも、患者のためならすべてをなげうつ。そんな覚悟があってこそ、医師と名乗れるのだろう。

いや、覚悟なんて必要でさえないのかもしれない。無意識のうちに、患者を選び取るのが医師なのだ。

そして将悟は、それを自然として行動する男だった。

――彼のような医者でありたい。

物心ついたときから医師という将来に向けて歩んできた洵が、本気でこの仕事に向き合うようになったのも、患者を救うことができる存在であることが、いちばんの理由だったはずだ。

それがいつしか周囲に流され、形ばかりにこだわるようになっていたと、認めないわけにはいかない。

病院を存続させるための駒《こま》ではなく、なによりもまず純粋に医師でありたい。

将悟のように、自分の信念に従って、常に患者のそばに立つ医師でいたい。肩書きや地位では、人は救えない。

それを教えてくれたのは……あなただ――。

涼の寝顔を見ながら、洵は我知らず身体の脇で拳《こぶし》を握りしめた。

「念のためにって、宇堂先生が今夜は泊まり込んでくださってるんですよ」

心強いですよね、と、バイタルチェックをした看護師が、洵を振り返って微笑した。

「宇堂先生が……」

「ええ。仮眠室にいらっしゃるんじゃないかしら」

宇堂さん……——。

将悟に対する医師としての尊敬や憧憬《どうけい》は、さらに深まる。同じ仕事に携《たずさ》わる者としての崇高《すうこう》な傾倒《けいとう》。

そして——彼自身への変わらない洵の想い。名前を耳にするだけでも、こんなに心震える。

自分の心のままに信じる道を進む将悟が、それと同じように真っ直ぐな気持ちを洵に向けてくれていたことに、どうして気づかなかったのだろう。

いや、違う——。

握りしめた拳を胸に押しつける。

家族を裏切ることや、将悟の医師としての将来。それらを崩し壊してしまう虞《おそれ》ばかりに囚《とら》われて、将悟自身の想いの深さ強さそのものを見ようとしなかった。

将悟の洵に対する気持ちは、きっとそんな迷いや躊躇いなど超越した場所に存在するのだろう。

そして医師として必ず患者を救いたいという強い信念と同じく、雑多な障害など乗り越えて当然と思っている。

身を引くことでしか愛を表現できないはずはない。それは実のところ、いちばん弱く安易な逃げでしかなかった。

――変わりたい。

自分だって、将悟の想いに負けないくらい強く彼を愛している。ならば、共にあることを目指そう。

なにも恐れず、後悔することなく、精一杯生きたい。

洵は目を見開き、踵《きびす》を返した。

今日何度目かの階段を駆け下り、管理棟を目指す。

将悟に会いたい。

涼の手術の直後に会ったときには、洵をろくに見てもくれなかった。もう医師としての洵にも、洵個人にも愛想《あいそ》が尽きてしまったのかもしれない。

もう、遅いのかもしれない――。

けれど。そうだとしても。

会って伝えるのだ。自分の本心を。心からの言葉を――。

管理棟に繋がる長い通路への角を曲がる。

晩秋の日はすでに暮れて、窓から見える景色は闇《やみ》に沈んでいた。

通路を進む洵は、正面に現れた人影に、思わず足を止める。

白衣が似合う逞《たくま》しい長身が、走ってきたのか、肩を上下させている。

……宇堂さん――。

将悟もまた、洵の姿を認めて目を瞠《みは》った。

あのときと同じ。

初めてその姿を見て、理由もわからないままにただ惹《ひ》かれ――そして、その感情に戸惑《とまど》った場所。

そこで再び巡《めぐ》り会う。

けれど、もう迷わない。躊躇わない。

洵もまた将悟のように、自分の信じる道を歩くと決めたから。

もう一度、ここから始める――。

歩き出した足が、一歩ごとに速度を増していく。

こちらに向かってくる将悟も、大きな歩幅で距離を詰めてくる。

通路の真ん中で、互いに向き合った。

「……探しに行くところだった」

わずかに速い呼吸の中、低い声が告げた。

見下ろす将悟の目は、真っ直ぐ洵に向いている。強い光を放つ瞳に射止《いと》められる。

「俺も……宇堂先生のところへ行くところでした」

「俺の？」

将悟は聞き返しながら洵の肩に手を伸ばしかけたが、通路の先を通る人影に、動きを止めた。とうに診療時間は終わっているとはいえ、まだまだ院内の人の行き来は多い。

「行こう」

看護師が通り過ぎると、改めて軽く洵の背中を押し、管理棟へと歩き出す。

並んで歩くだけのことに、洵の鼓動《こどう》は次第に強く速くなっていった。

ドアが並ぶ仮眠室のひとつに、肩を抱かれるようにして招き入れられる。なんの変哲《へんてつ》もない、殺風景な狭い部屋。それなのに、心臓は早鐘《はやがね》のように鳴り続ける。

座る場所もなく、並んでベッドに腰を下ろした。

「俺……宇堂先生に謝りたくて――」

あまりにも近い距離に狼狽《うろた》えそうになる心を抑えて、洵は口を開いた。

将悟は不思議そうに洵の顔を覗《のぞ》き込む。

「俺に……？」

「『医者にとって、目の前の患者以上に優先しなきゃならないものなんてない』……言われて目が覚めました。愚かな自分が恥ずかしくて……情けなかった……」

「洵……」

黒い瞳を瞠って息を飲み、やがて将悟はほっとしたように俯《うつむ》いて首を振った。

「いや……俺の勝手な信念だから。わかってもらえたなら嬉しい。俺のほうこそ、すまなかった」

膝《ひざ》の上の手を、将悟の手が握りしめた。体温以外のなにかが、そこからじんわりと流れ込んでくる。

「先生……」

「学会を欠席して俺の立場がまずくなるのを心配してるんだとわかってても、引き留める洵に従えなかった。自分のやり方になんら恥じるところはないが、不器用なのは自覚してる。誰にもそれを理解してもらいたいとは思わないが、洵には……もしかしたら、そんな俺に呆《あき》れているかもしれないと思ったら……おまえの顔を見ることができなかった……」

ああ、そうだったのか……。

将悟が視線を逸らしていたのは、そんな理由だったのだ。

自分のほうこそ失望されたと思っていた洵には、安堵こそすれ、将悟に呆れるはずなどない。

そもそも将悟の行動は、どれひとつとっても、医師としての自らの信念に貫かれた立派なものだった。

「そんなこと……」

「でも俺は……、おまえを諦めることなんてできないから……もう一度俺の気持ちを全部伝えたくて——、洵」

深い眼差しが洵だけに注がれて、切なさが込み上げると同時に胸が熱くなる。

「あれからずっと考えていた。本当は全部俺のせいだろう？　いや、俺のためだな……？」

手を握っていた将悟の手は、いつの間にか洵の上腕を摑んでいた。

「最初は、環《たまき》さんや院長への気兼ねだと思ってた。それとおまえ自身の惑いだと……俺を嫌ってはいない、けれど、今までの生活を犠牲《ぎせい》にするほどの強い気持ちではないんだと——」

将悟に捕らわれた腕が、震えを抑えられなくなってくる。

「けど俺を避ける態度とは裏腹に、いつもおまえの目は切なげに揺れていて……そして気づいたんだ。医者としての俺の将来を気づかって、俺のためになるようにと、離れていこうとしてくれてたんじゃないのかと」

恋しくて、想いが胸から溢れそうで、けれど自分を戒《いまし》めて忘れ去ろうとしていた、苦しいあの日々。

将悟の目を見るたびに、言葉を交わすたびに、騒ぐ心を持て余し、むりやり胸の奥に押し込め

──。


「そうだと言ってくれ」

懇願《こんがん》するようなその目に搦《から》め捕られる。

洵は喘《あえ》ぐように息をつき、掠れた声で答えた。

「……そう、です……でも──できなかった……」

「洵……」

一度将悟の手を振り解き、自分からその肩に腕を回した。

「この気持ちを……諦めようと思ったのに……っ、あなたに一度だけ抱かれて、それで終わりにしようと思ったのに……」

「洵、もしかして……それは──」

恐る恐るといったふうに、大きな手が白衣の背中に触れる。

さらに触れ合う部分が多くなった。

もういっそ抱きしめてほしい。きつく、その胸に閉じ込めてほしい。

「おまえが片想いしていた相手というのは……」

低い声が、わずかに掠れている。

洵はもう隠さなかった。深く頷《うなず》く。

「あなたです……帰国した夜、病院の通路で初めて会ったときから……あなたに惹かれていた……止めようもなく——」

ふいに背中を抱く手がきつく抱きしめてきた。骨が軋《きし》みそうなほど、厚い胸板に押しつけられる。

もっと密着したい。この身体と離れられなくなってしまえばいい。

いや——、離れない。

だから自分の気持ちをすべて、将悟に打ち明ける。

両腕で広い肩にすがりつき、洵は耳朶《じだ》に囁《ささや》いた。

「宇堂先生が——好きです……あなただけが……」

「洵……っ」

後頭部を包まれるようにして、将悟の手に仰向《あおむ》かされる。目の前には恋い焦《こ》がれた男の顔があった。その目が、洵だけを見つめている。

「ごめん……なさい……」

「どうして謝る？」

「俺なんかに好かれても……なんにもならないのに……あなたの将来——」

「洵、何度も言ったはずだ。病院のポストとか、医師としての地位とか、そんなもののために俺

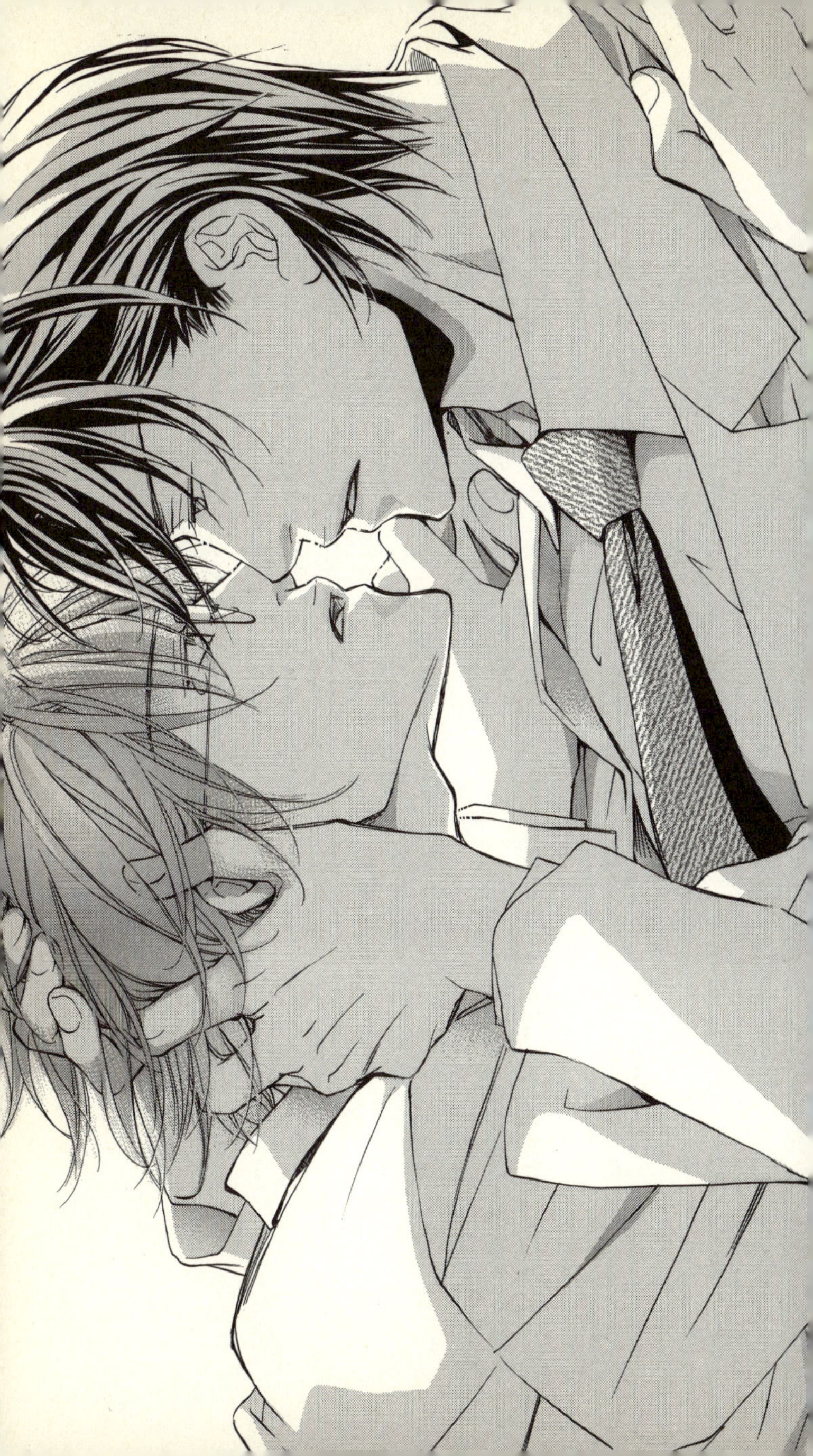

は医者になったんじゃない」

指先が優しく洵の頬《ほお》をなぞる。震える唇を宥《なだ》めるように、親指の腹がそっと触れた。

「患者を救うこと——それが、医者としての俺のすべてだ」

今一度繰り返された言葉を、洵は嚙《か》みしめるように頷いた。

そうだ。そんな将悟だから尊敬して憧れて……好きになった。

自分もそうありたいと、変わりたいと切望した。

「俺も……そんな医者になります。なりたい……そして、あなたと歩んでいきたい……」

もう、迷わない。

この腕と一緒なら、強く生きていける。

洵は頬を包む手に、自分の手を重ねた。

「一緒に進んでいこう。おまえがいれば、俺はどんなことにも向かっていける。だから洵……おまえの愛が欲しい……」

熱い吐息を洩《も》らした唇が、洵に触れる。誘われるように緩く開いていた唇に、情熱的な舌が入り込んできた。

熱い。口腔《こうこう》を舐《な》め回されて、そこから蕩《とろ》けてしまいそうになる。

「ん…っ、……ふ、ぅ……」

きつく抱き寄せられて仰《の》け反《ぞ》った喉《のど》に、混ざり合った唾液《だえき》が流れ落ちていく。

顎《あご》から首筋へと伝う唇に押されるようにして、身体が仰向いていった。力強く背中を支える手に、そっとベッドへ倒される。

蛍光灯《けいこうとう》の明かりを遮《さえぎ》って、洵の上に影が降ってきた。二人分の重さを受けて、狭いベッドが軋みを上げる。

「やっと……俺の元へ来てくれた……」

囁きが耳殻《じかく》に吹き込まれ、洵の項《うなじ》まで震わせた。

「宇堂……先……」

「将悟だ……おまえを愛してるひとりの男だ」

「……将…悟……」

初めて声にして呼ぶ、愛する人の名前を噛みしめる。

本当に、彼を手に入れて許されるのだろうか。

世間の常識に縛られ、そこからはみ出すことを恐れていた自分には、たとえ相手が誰であれ、その恋が叶うことなど考えられなかった。自分を愛してくれる人も、想像がつかなかった。

まさか恋い慕う相手と結ばれることがあるなんて――。

耳朶を柔らかく噛まれ、洵は震える吐息を洩らす。

器用な外科医の指先は、驚くほどたやすくネクタイのノットを解いた。続いてワイシャツのボタンが外されていく。

「洵……」

白衣もシャツも袖《そで》を通したままで喉元から臍《へそ》まで露にされ、洵は目元を羞恥《しゅうち》に染めて将悟を見上げた。

「きれいな身体だ……俺のものだと思うと、どきどきする……」

薄く微笑を浮かべた唇が鎖骨《さこつ》に触れて、洵はその感触に息を飲む。膨《ふく》らんだ胸筋の上を指先が辿り、先端の尖りを爪《つめ》が引っかけた。

「あ、ああ…っ……」

無意識に逃げようとした身体を、胸に頬ずりされて押さえ込まれる。

堅い鼻梁《びりょう》の感触。そして濡れた舌が、もう一方の乳首を包んだ。

「や、あ…っ……」

膝から、指先から、髪の先から——まったく違う場所から、なぜか疼《うず》きが這い上がってくる。

いったい自分の身体は、どうしてしまったというのだろう。

戸惑いながら喘ぐ洵の乳首を、将悟は強く吸い上げた。

「あっ、ま…、待って……っ、うど——」

「将悟だ」

濡れた皮膚《ひふ》に吹きかかる吐息が、新たな疼きを呼ぶ。

片方は弾力を持った舌で舐めねぶられ、反対側はぷつんと勃《た》ち上がってしまったものを、爪の先で刮《こそ》げ落とすようにして抉《えぐ》られる。異なる刺激のどちらに意識を向ければいいのかわからなくて、洵は与えられる愛撫《あいぶ》のままに、ただ切なく身体を揺らした。

この前の夜は酔いに流されながらも、背徳の意識とその先に待ちかまえていた訣別の悲しみに浸されていた。

そんな心の枷《かせ》が消えた今は、将悟から伝わってくる熱がひたすら嬉しくて幸せで、身体が刺激を何倍にも感じて受け止めているようだった。

肌を伝い降りていた将悟の指先がベルトを通り過ぎ、スラックスの上から股間を辿る。

「あぅ……っ」

恥ずかしいほどに反応していた。布越しに形をなぞられ、洵の昂《たかぶ》りは悦《よろこ》んでいるようにわななく。

ベルトが外されていく音に、洵はたまらず訴えた。

「明かりを……消して……」

あさましいほど感じているのを見られたら、将悟に呆れられそうな気がする。

「嫌だ。俺のものだろう……？　全部、見たい……」

しかし懇願は聞き届けられず、現実を率直に映し出す明かりの中でファスナーが下ろされた。

「……や……」

なんにもならないのはわかっていたけれど、洵はせめて自分の目を腕で覆《おお》う。

白衣まで袖を通したまま前を開け放って、欲望を晒《さら》した下着を覗かせて――。

「……濡れてるな」

将悟の囁きに恥じらう間もなく、布を押し上げて形を露にしている性器に、柔らかな感触が押し寄せた。おそらくは、将悟の唇だ。

「あぁ……っ……」

じわり、と、またなにかが溢れる。

思わず腰を捩《よじ》ったタイミングに合わせたように、下肢の着衣が引き抜かれていく。

ふいに空気に触れる部分が増えて、心細さに脚をすり合わせようとすると、片膝を摑まれて開かされた。

「……洵……、顔を見せてくれ……」

身体を起こしているのだろう、少し離れた位置から聞こえる声に、洵は躊躇いながら腕を落としていく。

「俺の愛する人を……見たい……」

そっと視線を向けた先の将悟は、洵が思わず怯《ひる》むほど熱い目で見返していた。

瞳に拘束されたように身動きが取れず、ただ目を瞠る洵の前で、将悟は自分の白衣に手をかける。下に着ていたワイシャツもスラックスも脱ぎ落とすと、逞しい裸体が現れた。

一度だけ触れ合ったその身体の記憶を、洵の肌は急速に思い出して粟立《あわだ》った。

全裸の身体が、覆い被さるように近づいてくる。消毒薬とトワレが混じった将悟の匂《にお》いが、鼻腔を掠める。

洵の肩を撫でながら、白衣とシャツを脱がせていく手。その後を唇が追う。

袖のボタンに阻《はば》まれて引っかかったシャツを無理に引っ張られ、捩れて晒された腋下《えきか》に舌が這う。

「は、あ……っ」

痺《しび》れるような震えが、肌を走り抜けた。のたうった拍子に袖が抜け、洵はシーツに突っ伏す。

視線の先はすぐにベッドの縁で、脱ぎ散らかされた二人分の衣服が垂れ下がり、床にまで落ちているのが見えた。

腰の辺りに触れた手のひらが、ゆっくりと背筋を這い上がって、洵はたまらず背を反らす。わずかに手のひらから圧力が加わり、将悟の顔が近づく気配がした。

湿った吐息。そして、脊椎《せきつい》をひとつずつ数えるようなキスが上ってくる。

少しずつ背中に重なってくる、堅い筋肉の熱さと重みに、シーツを巻き込んで拳を握りしめた。

「洵……」

項に押しつけられた唇が囁く。

誰かにこんなに甘く名前を呼ばれたことはない。

囁きが触れた場所から、蕩かされていきそうだ。

背面を覆うようにぴったりと重なられて、腿《もも》の付け根に将悟の昂りが当たる。戸惑った洵は、シーツと洵の隙間《すきま》に差し入れられてきた手に気づくのが遅れた。

「あ…っ、あ……」

強引に割り込んできた指先は胸元を探り、目当てのものを見つけてつまみ上げる。

「んっ、……あ、将……――」

逃れようと身体を捩れば、将悟を背中に張りつかせたままで横臥《おうが》してしまい、いっそう指の動きを容易にしただけの結果になった。

両の乳首を堅く尖るまで弄《いじ》られた後で、片手が腹筋を撫で下ろしていく。将悟の手が通り過ぎた肌がざわめく。

「ああっ……」

性器に触れた手がぬるりと滑って、洵は自分がどれほど昂っていたかを知った。頬が熱くなる。

大きな手に包まれて擦《こす》り上げられるたびに、淫《みだ》らに濡れた音が響く。

「や……だ、……」

「どうして？　俺が触るから、こうなるんだろう……？」

首筋に鼻を埋めた将悟は、汗が浮いた肌を舐めた。

「俺だって同じだ……」

将悟の屹立《きつりつ》が、背後から脚の付け根の隙間に潜り込んでくる。敏感な場所に堅い熱を押し当てられ、洵は喘いだ。

手の動きに合わせるように擦りつけられるものが、汗で張りつく他の部分と比べてなめらかに動くのは、将悟の言葉どおりだからなのだろう。

首筋にかかる息づかいが、わずかに荒くなる。

双珠から秘《ひそ》やかな場所までを、熱いもので擦られ濡らされていく。手指《しゅし》とも唇とも違う感触に酔う。

「ああ……」

羞恥よりも陶酔に包まれて、洵は吐息を洩らした。

先端をなぞった指の腹が、さらに動きになめらかさを増す。

ふいに隙間に挟まれていたものが引いて、代わりに将悟の指が狭間《はざま》に滑ってくる。確かめるようにそっと後孔に触れてきた指は、何度か窪《くぼ》みを押したが、そのままなごり惜しげに離れていった。

次に腰を引き上げられ、膝を立てた姿勢にさせられそうになって、洵は将悟の意図を察して慌《あわ》てる。

「や…っ、やめて……」

「このままじゃ、傷つけてしまう」

けれどシャワーも使っていない身体の奥を舐められるのは、やはり羞恥が勝って躊躇う。

腰を抱く将悟の手を押さえ込むようにして逡巡していた洵は、ふと思い出した。

「白衣《コート》の……ポケットに——」

将悟の手が、ベッドの縁に引っかかっていた洵の白衣を探り、エコー用のジェルチューブを取り出した。

視線が洵とチューブを行き来しているような気がする。

今日は場所を移動してのエコー検査があったため、予備の潤滑剤《じゅんかつざい》を持ち歩いていただけだ。

「……偶然です……」

けれど将悟に誤解されそうな気がして、他意はないのだと、視線を逸らしたまま消え入りそうな声で言いわけする。

洵の染まった頰に、少し口端《くちはし》の上がった唇が押し当てられた。

「わかってるよ」

開かされた脚の間に、背後から濡れた指が忍び込んできた。

自分で教えておきながら、ふだんなんの気なしに仕事で使っている道具がこんなことに利用されるのは、やはり恥ずかしい。

「洵、もっと脚開いて……」

かすかに震えている内腿《うちもも》に将悟の手がかかり、外側へと引かれた。手のひらにまでたっぷりと掬《すく》ったジェルで性器から後孔まで撫で回され、なめらかに擦られ、洵は声を抑えられなくなる。

背後から包み込むように抱かれ、いくぶん速い将悟の心音が、背中に力強く響いてくる。

しかし自分の脈はそれよりもずっと激しく、あちこちで打ちつけていた。呼吸も速くて、意識が遠のきそうだ。

首筋から肩へと、キスのラインが続いていく。

強弱をつけて揉み込むように愛撫される屹立からは、絶えず粘度の高い音が洩れる。

横顔に照りつける蛍光灯が、目を閉じていても眩《まぶ》しい。

「あ、あ……、も…っ……」

「まだ。もう少し……」

窪みに押し当てられた指が、ゆっくりと侵入してくる。

「あー……うぅ…っ……」

「痛い？」

耳殻《じかく》に吹き込まれるような問いかけに、洵は肩で息をしながら首を振った。

身体を開いていく指はとても慎重で、痛みなど感じるはずもない。それどころか、このまま達してしまいそうだった。

もう頂点近くまで上りつめている身体には、優しい指の動きがもの足りなくて、洵は無意識に腰を揺らした。

性器を包む将悟の手に自分の手を重ね、もっと刺激してほしいとせがむ。

身体が焦《じ》れて苦しい。

「はや、く……」

「早く……？　もう入っても……いい？」

中を穿《うが》つ二本の指が、弱い場所を狙《ねら》い澄まして妖しく蠢《うごめ》いた。

「あぅ……っ、き…来て……っ」

将悟は指を引き抜くと、洵の身体を仰向かせて、両膝を押し広げた。浮き上がりかけた腰の中心に、堅い熱が押しつけられる。

「洵……愛してる――」

「将……――、あ……く……っ、あ……」

押し入ってくるものの強烈な圧迫感。しかし洵には、それが愛《いと》しい。すべて受け止めたくて、覆い被さってくる身体に両腕ですがりつく。

奥まで貫かれ、深く息をついた洵の頬に、将悟は柔らかくくちづけた。

そっと瞼《まぶた》を開き、洵は自分を抱く男を見上げる。

――将悟……さん……。

本当に、再びひとつになることができたのだ。

「……夢……みたいだ……」

洵の呟《つぶや》きに、将悟の眉が少しだけ下がった。

「なにを言ってる……ふたりで選び取った現実じゃないか。もう、離さない……これから、ずっと……」

唇が重なる。

絡めた舌を強く吸われ、呼吸が追いつかなくなったころ、繋がっていた腰を深く突き上げられた。

「あう……っ」

仰け反って離れた唇から、唾液が銀の糸を引く。

内壁を擦られる快感が、手足の指先にまで痺れを伴って伝わっていく。

腰を抱えられ何度か動かされて、触れられてもいないない性器から精液が噴《ふ》き上げる。

「んぁっ、ああ、あ……――」

呆気《あっけ》ないほどの射精に驚く間もなく、変わらぬ力強い抽挿《ちゅうそう》の刺激で、続けざまに達しそうになった。

「や…っ、待って……」

息が整わなくて、声が掠れる。

得体が知れないほど大きな快楽の波に飲まれそうで、洵は自分を見失ってしまいそうな恐れに、将悟の胸を押し退《の》けようとした。

「待てない……っ」

しかし将悟は洵の背中に両腕を巻きつけ、強く抱き寄せる。

「あ……あ…っ……？」

身体が浮く。視界が回る。

不安定な自分の体勢に、思わず将悟の頸《くび》にすがりついた洵は、膝に抱え上げられ、根元まで屹立を飲み込まされて仰け反った。

「……は、ぅ……」

脳天まで貫かれたように感じる。将悟の脈動に、体内を支配される。

それなのに、自分を愛してくれる男の激しさが嬉しい。

「洵……」

晒された喉に、熱い舌が這う。ちりちりと焦がされるように、肌が疼く。

埋められたものが動いて、洵は反射的に背を反らした。

耳元で将悟が息を詰める。

「そんなに……締めつけるな……」

そう言われても、どうすればいいのかわからない。

首を振る洵を支える大きな手が腰と胸に移動して、尖ったままの乳首が親指の腹で撫で上げられる。

「ふ、あ……っ」

甘い刺激に腰が動いた。洵の意思を離れて、将悟を包んだ肉が誘うように蠢く。

呼吸を合わせて、絡み合った身体が揺れ始める。

「あ……、あ、あ……将、悟……さ……っ……」

スプリングが軋む音に、濡れた肌が擦れ合う音が混じる。

止めようもなく、内壁が収縮する。身体の内と外で、将悟にすがりつく。

「……いい、か……？」

頬を舐めながら囁かれ、洵はやみくもに頷いて唇を追いかけた。

濡れた吐息が混じり合う。それまでも自分の中に取り込みたくなって、舌を伸ばす。

「い……、いい……っ……から、……もう……」

「ああ……一緒に……」

突き上げが激しくなる。

嵐に見舞われたような抱擁《ほうよう》が、洵を高みに連れていく。

彼となら生きていける、生きていきたいと、固く目を閉じて翔《と》んだ。


壁のシンプルな時計が規則正しく秒針を刻む音よりも、頬を押し当てた胸板から響く鼓動のほうが大きく聞こえる。

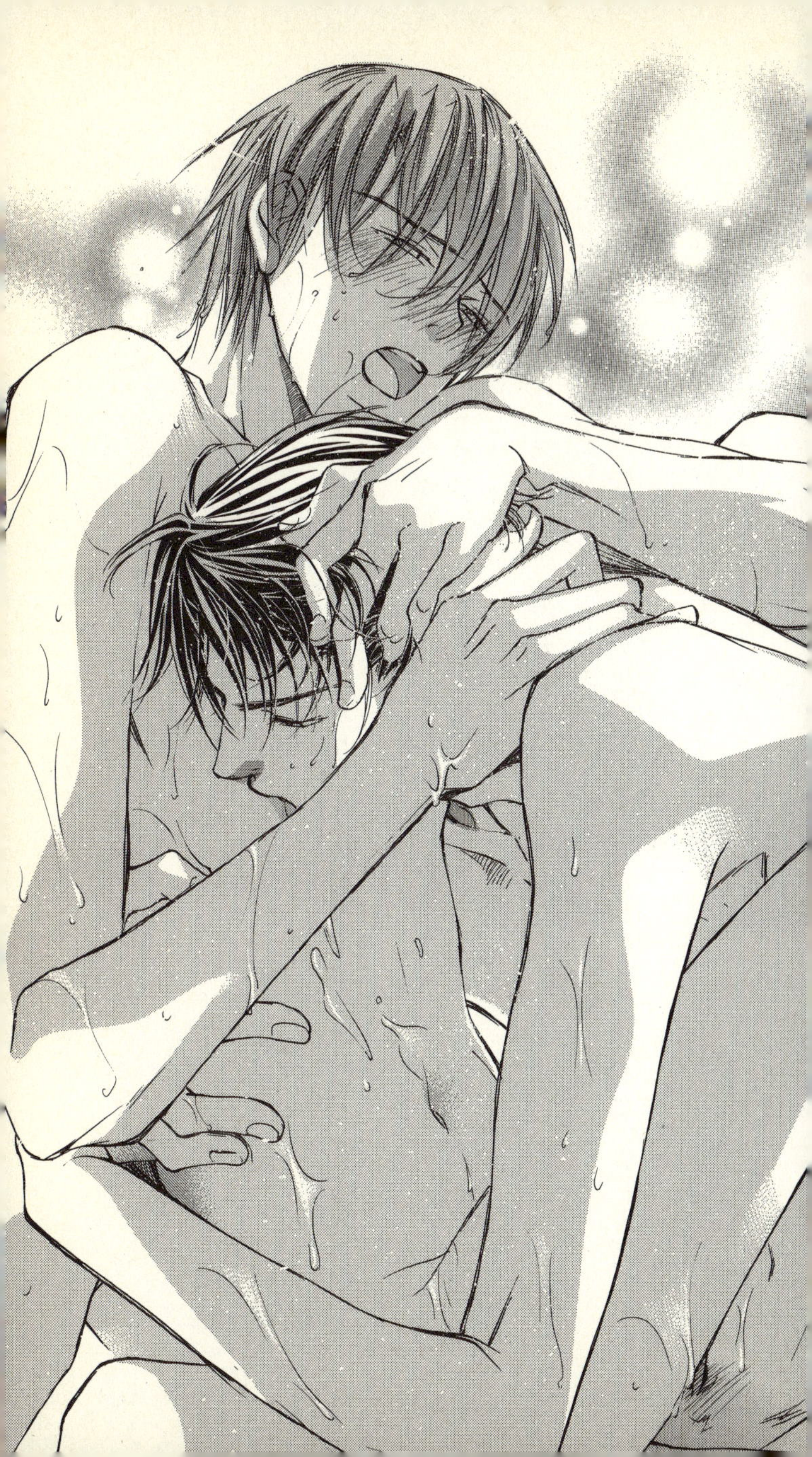

肩を包み込んでいた手が上腕へ滑って、洵はくすぐったさに身動《みじろ》いだ。

「院長が戻ったら――」

現在ドイツに出張中の院長が戻ってくるのは、来週半ばの予定だ。

「環さんとのことと学会欠席の件、両方謝罪して……退職願いを出す」

「えっ……」

将悟が職を追われることはあっても、自分から成和病院《せいわびょういん》を辞《じ》することを考えているとは思わなかった。

驚きと、ふいに襲ってきた寂しさと心許《こころもと》なさに、洵は困惑した。

しかし理由はなんであれ、あえて将悟が自ら退職を望むというのであれば、止めるべきではない。

なにより将悟がそう決めた以上、洵が覆《くつがえ》せるものではないだろう。

引き継ぎを済ませるのに、半月といったところだろうか。

どこに移るにしても、将悟にとっては前進であるはずだ。たとえどんな境遇に置かれても、将悟は昇り続ける。

だから身の振り方については、心配はしていなかったが――。

「どこか……次の目処《めど》はついているんですか？」

会えなくなるわけじゃない。休日には互いを訪れることだって――。

そう考えていた洵を、間近の瞳が見下ろした。

「ロサンゼルスへ行こうと思ってる」

「……ロサンゼルス……？」

予想外の地名が出て、洵は思わず肩を起こした。

「英啓《えいけい》時代の先輩で、ロスの救命救急センターに行った人がいてね。偶然この前誘われたんだ。もともとERに関心はあったたし」

あまりにも遠くて、言葉を失う。

たしかに、将悟が成和病院を去ってしまえばそうそう会えなくなるだろうことは覚悟していた。

でも、そんなに遠いなんて――。

どんな日々を送ることになるのか、想像もつかない。

頑張ってと言わなくてはいけないのだろうに、言葉が出なかった。きっと情けない顔をしているのだろう。

「洵……？」

大きな手が洵の頬を包む。

澄んだ輝きを放つ目に、迷いはない。

患者を救える医師を目指す将悟には、ＥＲで時間と戦いながらあらゆる患者に対応していくことは、最適の修行になる。

でも……ロスは遠すぎる……。

「洵、一緒に行かないか？」

「え……――」

俺も一緒に……ロスへ？

すべてのしがらみから放たれて、将悟と共に医師として修練し、そして――。

理想だと思った。

しかし、洵の口をついて出たのは、

「少し……考えさせてください」

離れたくないはずなのに、医師としても望ましい環境のはずなのに、首肯《しゅこう》することが躊躇われたのは、成和病院の将来を担うという義務が、洵の肩にのしかかっていたからだった。

目を伏せる洵を見つめていた将悟は、小さくため息をついて、洵の頰を軽く叩いた。

「……わかった。自分が本当にいいと思う道を、よく考えてくれ」

「——なるほど。話はよくわかった」

何通かの書類に目を通して、朝霞院長は向かい側に座った将悟を見上げる。

院長が帰国して翌日の午後。窓の外では、黄みを帯びた陽射《ひざ》しが、銀杏《いちょう》の葉をいっそう染め上げている。

「全部私の勝手でしたことです。申しわけありません」

頭を下げる将悟に、院長は呆れたような苦笑を浮かべる。

「きっときみは、私がここにいたとしても、同じことをしたんだろう」

自分がこうだと思ったら、たとえ目上の人間に止められても従わないのだろう、と。否定はできない。

「きみの優秀さは高く買っているが、組織で働く人材としては、いささか不適応のようだな」

外科医としての将悟の技量を秤《はかり》にかけても、システムの中で円滑に動けないマイナスのほうが重いらしい。

それは経営者の判断としては正しいのだろう。

「残念だが……この退職届は受理しよう」

将悟はもう一度一礼した。

「それと娘との縁談の件だが、ゆうべ環から先に話を聞いていた」

「え……」

院長には自分から伝えるという将悟に、環は同意したはずだった。

「実際に破談を口にしたのはきみが先だったが、すでに自分も断る時期を見計らっていた、と」

――環さんが……。

真意はわからないが、環が単純なプライドだけで、断られたよりは断ったことにしたとは思えなかった。

気をつかってくれたのだろうか。少しでも院長の心証を害さないように？

自分の身勝手で環の人生を振り回してしまったことを、改めて悔《く》いる。

そればかりか、俺は彼女の兄までを……。

しかしどんなに不義理を誹《そし》られようとも、この気持ちを止めることなど――、洵を諦めることなどできない。

院長はソファの背に深く凭《もた》れ、ため息をついた。

「まったく……こんなことになるなら、どちらも最初からよく考えて、交際を始めなければよかったものを」

すっかりそのつもりでいた院長としては、この展開にいちばん戸惑っているのだろう。

しかし将悟にも環にも続ける意思がないのでは、院長がどんなに良縁だと思っていても撤回《てっかい》する以外にない。

「お世話になっていながら、なんのご恩も返せず申しわけありません」

目を上げた院長は、腕を組んでふんと鼻を鳴らした。

「そう思うなら、せいぜい患者の役に立つ医者になることだ。きみみたいな奴は、患者しか味方になってくれんだろうよ」

院長室を辞して、最上階の通路の窓からふと眼下を眺《なが》めた将悟は、中庭の花壇《かだん》脇のベンチに座る白衣を見つけた。

……洵——。

ベンチから立ち上がったすらりとした姿が顔を上げ、眼鏡のレンズに陽光が反射した。その奥から視線を注がれているような気がして、将悟はドキリとする。

自分に気がついたのだろうか？　下からこの距離を見上げても、窓ガラスにじゃまされて見えないだろう。

やがて洵は歩き出す。裏庭のほうへと向かっているようだ。

将悟は慌ててエレベーターに乗り込み、ボタンを押した。

洵からの返事はまだ聞いていない。急《せ》かすつもりはなかったが、顔を合わせたらどうしてもそのことに触れてしまいそうで、なるべく距離を置いていた。

強制する気はない。

気持ちを伝えること、洵の心を振り向かせることには、なんとしてもと必死になったが、この件は別物だ。

医師という仕事をやっていく上で、自分自身にとっていちばんいいと思える道を、洵が自ら選び取っていけばいい。

裏庭は一面の深い秋だった。

赤や黄色に色づいた木々の中、遊歩道が緩い弧を描いている。

その先、ひときわ高い銀杏の木の陰に、白衣の背中が覗いていた。

レンガ敷きの遊歩道から外れた足元で、枯れ葉が音をたてる。

木洩《こも》れ日に透けて、わずかな風になびく髪がゆっくりと振り返った。

「……やっぱり」

柔らかな微笑が将悟に向けられる。

「あの窓にあなたがいるような気がした」

「院長に退職願いを出してきたんだ」

「そうですか……」

洵は木の間から見える病院の白い壁を見上げた。

将悟は寄り添うように背後に立ち、洵と同じものを見つめる。短い期間ではあったが、医師として得るものの多い職場だった。

しかも、自分の人生をかけようと思える相手に巡り会うとは――。

「あれからずっと考えていました」

「うん……」

はるか頭上で、風に揺れる木の葉がさらさらと鳴った。

将悟に向き直った洵の目が、じっと見上げてくる。

優しげでありながら、やはりどこかに芯の強さがにじみ出ているような、顔。愛しさに、将悟の胸はじわりと熱くなる。

「愛するあなたと、一緒にいたい。医者としても、共に歩んで成長していきたい」

「洵――」

思わず洵の肩に手が伸びた。

「でも」

洵の手がその手に重なり、一瞬強く握られた後で、そっと肩から外させられる。

目を瞠る将悟に、洵はきっぱりと首を振った。

「今は、まだ行けない……」

自分の手のひらを見下ろし、なにかを決するようにぎゅっと握りしめる。

「一生をふたりで歩きたいから、ここを投げ出しては行けません。この病院を出るなら、自分がしなければならなかったこと――、父や関係者も納得をさせられるかたをつけて……それからあなたの元へ行きたい」

「…………」

見つめるたびに惑うように揺れていた瞳が、こんなにもはっきりとした光を宿して、真っ直ぐに将悟を見返す。

正直言って、ついてきてくれるという期待がまったくなかったわけではない。けれど洵の決心を聞いた今は、その言葉を嬉しく感じていた。圧倒されるほど頼もしくも思った。

愛する人であるのは当然のことだが、互いに医師として高め合っていける存在であることも、自分たちには重要であり必要なことだと思っている。

それを妨《さまた》げるようなエゴイズムは持ちたくない。

そして今の将悟は、洵の決心を喜んで受け入れられる。

それはきっと、たとえどれだけ距離が離れようとも、互いを想う気持ちが変わることはないと信じられるからだろう。

「待っていてくれますか……?」

一瞬だけ躊躇《ちゅうちょ》するような眼差しになった洵に、将悟は深く頷いた。

「もちろん。俺もそのときまで精一杯頑張るから……互いに成長していよう」

右手を差し出すと、ひと回りほっそりとした手が握り返してくる。

決してたやすい道のりではない。しかしこうやって進むことしか、将悟も洵も納得できないだろう。

愛だけでは生きられない。

それだけの人生も望まない。

いつか互いの手を取り合えるときのために、今は信じる道を歩いていく。

将悟の渡米予定日は、三週間後と決まった。

職務の引き継ぎや渡航先での準備と身辺整理など、それまで以上に多忙な日常の中で、わずかな時間を作ってはふたりで過ごす。迫りくる別離の日を前に、恋人同士の本能が互いを激しく求めていた。


そして最後の朝を迎える――。

まだ痺れているような身体を背中から将悟に抱きかかえられたまま、洵は朝日を吸って白く輝いていくカーテンを見つめていた。

項に唇を感じて、わずかに背後を振り仰ぐ。

「寝てなかったんですか?」

さんざん啼《な》かされたせいで、洵の声はひどく掠れている。

「そっちこそ。俺はこれから嫌でも半日近く座りっぱなしだ。……寝なくてだいじょうぶか?」

眠れるはずがない。少しでも多くの時間を覚えておきたかった。

「到着の連絡をもらうまで、眠れないでいると思いますよ」

「米軍機でもチャーターしたいところだな」

忍び笑いながら、将悟は洵の胸を探った。

「あ……」

柔らかくつままれただけで期待するように勃ち上がった先端に、声が洩れる。

「そろそろ仕度を――」

「わかってる。もう少し……」

強い腕に身体を仰向けられて、真上から見下ろされた。カーテン越しの明るさでも、洵の身体に残された激しい情交の跡は、目に映るだろう。

左胸に散ったそのひとつに、将悟は愛しげに唇を寄せる。舐められて粟立った肌を、もう一度きつく吸い上げられた。

「あ……っう……」

さらに大きく濃い跡に変わったそこは、ずきずきと甘い痛みを伴って疼く。

将悟は長い指でそっとなぞると、顔を上げた。優しさと情熱の入り交じった瞳が、洵の心を鷲《わし》掴《づか》みする。

「愛してる……」

「……俺も」

そのとき現実的なアラームの音が鳴り響き、ベッドサイドに腕を伸ばしてスイッチを止めた将悟は、思いきるように短く息をついて身体を起こした。

「仕度してくる」

筋肉の陰影が彩《いろど》る逆三角形の背中が、バスルームのドアに消えていくのを見送り、一人残ったベッドの中で起き上がると、人知れずため息をつく。

これが終わりではない。それはわかりきっている——。

渡米の日が決まってから、数えきれないほど予想した今日という日は、そのどれとも違っていた。

実感が湧《わ》かない。これからどこを探しても、将悟の姿が見つからないなんて。

術衣をまとって真剣な表情で真っ直ぐに歩く姿を垣間見《かいまみ》ることも、通路でふとすれ違った瞬間に待ち合わせの場所と時間を囁かれることも、もうない。

しっかりしろ。自分で決めたことじゃないか。

バスルームのドアが開いたときには、もう将悟はワイシャツとスラックスを身に着け、髪も整えていた。

ベッドの中の洵に視線を向けてから、カーテンを開く。

さっと室内を照らした朝の光に、長身のシルエットが浮かび上がった。

「風が強そうだ」

ネクタイを結びながらホテルの高層階から眼下を眺める横顔が、ガラスにかすかに映っていた。

「風邪《かぜ》ひくなよ」

手荷物の入ったバッグとスーツのジャケットを手に、微笑を浮かべて振り返る。

「将悟さんも……身体に気をつけて」

あえて洵は休暇を取らなかった。ここで将悟を見送った後、病院へ向かう。

将悟はベッドのそばへ歩み寄り、洵の肩に手を置いて唇を寄せた。

裸《はだか》の背中を包む手の温かさを忘れたくない。

唇の感触を覚えているうちに、次のキスがほしい。

想いが押し寄せて離れがたくなったくちづけは、それ以上深くなる手前で、どちらからともなく解かれていった。

見つめ合う目から伝わってくる。

自分たちは次へと進むために、今こうしているのだ——と。

これから始まる別々の時間のその先には、並んで共に歩む人生が待っている。

一日も早くその日を迎えるために、今は互いになすべきことを精一杯努めよう。

「——行ってくる」

最後にそっと洵の頬を撫でて、将悟はホテルの部屋を出ていった。

いつか訪れる未来のために——。
旅立ちの日は、その冬初めての木枯らしが吹いていた。

to be continued

白衣は愛に浸る

「――ということで検査の結果、WPW症候群と思われます」

朝霞《あさかじゅん》洵が診察室で患者と向き合いながらそう伝えると、自分でもいろいろと調べていたらしい患者は、聞き覚えのある病名だったらしく「ああ」と呟《つぶや》いた。

すべて医者任せで言われるがままよりは、自分の身体や病気に積極的に関心を持ってくれる患者のほうが望ましい。

洵はデスクの上を指さした。

「心臓は円滑に血液を送り出すために、刺激伝導系という仕組みで拍動《はくどう》します。言ってみれば、心臓の筋肉の中を走る一方通行の電線のようなものなんですが、吉田《よしだ》さんの場合、これ以外に心室と心房を結ぶ副伝導路があって、一度心室に伝わった電気信号が再び心房に戻ってきてしまう」

不整脈による発作を繰り返しているという四十代の男性は、真剣な表情で心臓の図に見入っている。

「この経路をループ状に回り続けるために、心房と心室が絶え間なく電気信号を伝え合って、頻脈性不整脈になっているわけです」

患者は納得したように大きく頷《うなず》いた。

「それで先生。これはたしか……あー、カテーテルアブレーション……でしたっけ？　そんな治療法があると聞いたんですけど」

「ええ。いちばん有効な治療法です」

「あのう……」

口ひげを蓄えた大柄な男性は、途中で躊躇《ためら》い口ごもる。

洵が首を傾《かし》げて続きを促《うなが》すと、

「痛くないですか……?」

恐る恐るといったふうに訊《たず》ねてきた。

思わず口元が緩《ゆる》んでしまう。

「麻酔をかけて行いますので、心配ありませんよ。今から詳しい治療方法を説明しますね」

患者は安堵《あんど》した様子で、「じゃあ、お願いします」と頭を下げた。


午前中の一般外来の診察を終えた洵は、医局に戻ったその足で自分のデスクの上をざっと片づける。腕時計に目を落とすと、慌《あわ》ただしくいくつかの書類と本を手にし、室内の人間に退出の声をかけた。

「お先に失礼します」

「あ、お疲れさまですー」

昨夜当直を勤めた洵は、午後から明後日《あさって》の朝まで休みになる。

更衣室に立ち寄って白衣を脱ぎ、ジャケットを羽織りながらこれからの予定を考える。もちろん将悟《しょうご》と過ごすことになるだろう。

将悟の渡米が秒読みに迫った今、気がつけば彼のことばかりを思い浮かべている洵だった。

予定どおりであれば、昨日のうちに将悟は自宅マンションを引き払っているはず。家財道具はすべて業者に引き取ってもらい、賃貸のマンションは明け渡すと言っていた。

これから渡米当日までは、ホテル住まいになるのだろう。

だから洵が考えているのは、将悟とどこで何時に落ち合うか、食事はどうするか――、そんなことだった。

仕事が忙しそうだったからな……引っ越しが無事片づいていればいいけど。

数日前に洵が将悟のマンションを訪れたときには、まだほとんどの荷物がまとまっていなかった。

宇堂《うどう》将悟が成和病院《せいわびょういん》を退職したのは、一昨日《おととい》のことだ。そして来週には、ロサンゼルスへと旅立ってしまう。

あと数日で、日常のどこを探しても会うことは叶《かな》わなくなるのだ。その喪失感は、実際にそのときが来なければ想像も及ばないが、限られた時間が残り少なくなっている焦《あせ》りは、日々強まっている。

だから洵は——、いや、ふたりは、できる限りの時間を共に過ごしていた。事実洵はこの三週間、自宅へ帰ったことは数回しかない。

実家暮らしだから、その生活態度は家族にも筒抜けになっているが、もともと当直がつきものの職業である。また、いい歳をした息子のプライベートに口を挟む家族でもない。

しかし詮索されたり疑われたりしたところで、今の洵には、将悟と一緒にいたいという気持ちを止めることなどできなかった。

病院の通用口を出たところで、洵は携帯電話の電源を入れた。短縮ボタンを押すと、ワンコールで相手が出る。

『お疲れさま。門の外に車を停めてある』

低い声が驚きと喜びを連れてきた。

「迎えに来てくれたんですか？　すみません」

足早に敷地の外へと出ると、裏手の角の手前に将悟の車が見えた。半ば駆け出しながら、笑みが浮かんでくるのを止められない。睡眠不足の身体が軽くなった気さえする。

助手席のドアを開けると、黒いセーターを着た将悟が迎えてくれた。

ケーシー姿をいちばん見慣れているせいか、こういった濃い色を纏った将悟は、自然に流したままの髪も相まって、ずいぶんと雰囲気が違う。白衣のときの端整さやストイックさは影を潜め、逆にふだんは表情の下に隠れている男の色気のようなものが感じられた。

特に洵を見つめる双眸《そうぼう》には情熱が見え隠れして、魅力的であると共に洵を落ち着かない気持ちにさせる。

車の中とはいえ屋外のせいか、将悟はいつものキスの代わりに洵の肩に手を置いて、おかえり、と微笑《ほほえ》む。

「昼食は？」

「まだです」

洵の返答に頷いて、将悟は車を発進させた。

「後ろにサンドイッチが買ってある。悪いがそれで我慢してもらっていいか？」

「それはもちろん……なにか急ぎのことでも？」

なんだろう……？

都合が悪くなって、一緒に過ごす時間が取れなくなってしまったのだろうか。

そうだとしても、将悟にとって日本で残された時間がわずかである以上、残務処理等片づける

べきことは、終わらせなければならない。

ふたりで過ごす時間が減ってしまうのはとても残念なことだが、子供のようなわがままを言うわけにもいかない。

でも……ちょっと寂しい…かな……。

しかし将悟が口にしたのは、思いがけない言葉だった。

「これから温泉に行こう」

「え――」

……ふたりで――？

横を振り向くと、将悟は顔を前に向けたまま口端《くちはし》を上げている。

「思い出がベッドの中ばかりってのも、ちょっとどうかと思って」

「あ……いえ、そんな……ことは……」

一瞬洵は、最近際限なく求めてしまう自分を思い出して赤面した。別離のときが迫っているからというだけでなく、将悟に与えられる肌の温《ぬく》もりや、愛撫の心地よさに満ちた時間が嬉《うれ》しくて幸せで、離れがたくなってしまう。

もしかしたら……はしたないと思われてる……？

狼狽《うろた》えるが、しかし将悟の言葉に他意はなかったようだ。

「洵がいれば、どこにいても大差ないんだが……まあ、ホテルの部屋よりはゆったりできるかな、と」

そういえば、一緒にどこかへ出かけたことはなかった。

ふたりが恋人としてつき合い始めたのはここ一か月のことで、しかも始まったときから離ればなれになることが決まっていたような状態だった。

一緒にいる時間を作ることだけで精一杯で、場所の選《よ》り好みなどする余裕はなかったと言ってもいい。

「どう？」

顔を合わせられれば、同じ場所で同じ時間を過ごせれば、たしかにそれで洵は満足なのだけれど、少しでも恋人同士らしい思い出を、それもこんな慌ただしい時間の中で作ろうとしてくれる将悟の気持ちが嬉しい。

「ええ、行きましょう。あ……でも俺、こんな格好のままで——」

洵は自分の服装を見下ろした。モスグリーンのツイードジャケットと焦《こ》げ茶色のボトムはともかく、ワイシャツとネクタイがいかにも仕事着で、これで温泉はちょっと無粋《ぶすい》かなと思う。オフタイムの装いの将悟に見惚《みほ》れた後だけに、隣に並ぶのは気が引けるような気もした。

「かまわない。なにを着ていたって、洵はよく似合う」

しかし恋人は、あっさりと洵の気がかりを否定する。しかも真顔で買いかぶりのセリフまで添えて。

「それに、どうせ宿に着いたら浴衣《ゆかた》だろう?」

それはちょっと楽しみかもしれないな、と笑う将悟に、洵は恥じらいとも期待ともつかない気持ちで胸が騒いだ。

将悟が選んだのは、箱根《はこね》の山奥にある離れ造りの宿だという。

インターチェンジを降りて、湖を背に山のほうへと進んでいった。観光施設が密集した地域とはどんどん離れていく。

「あと三十分くらいかな。ここからはずっと一本道だ」

道の両脇から覆い被《かぶ》さるように張り出した木々は鮮やかに色づき、小春日和《びより》の陽射しに輝いている。

「部屋ごとに専用の露天風呂があるから、いつでも入れる」

「泊まったことがあるんですか?」

誰かと——さすがにそうは訊《き》けないが気になる。

今は自分たちが結ばれているのだから、過去を詮索するなんて意味のないことだとわかってはいる。けれど、どうしようもないほど好きだから、これまでの将悟の相手にも嫉妬《しっと》せずにはいられなかった。

「いや、以前同僚に聞いたのを思い出して、渡米の通知がてら教えてもらった。温泉に限らず、旅行はほとんどしたことがない」

そう言って苦笑した後で、視線がちらりと洵に流れる。

「誰かと泊まったとでも思った？」

心の中を言い当てられて、洵は思わず俯《うつむ》いた。

「いえ……すみません……」

「本気になったのは洵が初めてだって、言っただろう？」

そっと伸びた左手が、膝《ひざ》の上の手を握った。

「……将悟さん……」

わずかな触れ合いに胸がときめく。将悟の指に指を搦《から》めながら、早く宿に着けばいいのにと思う。

大きなカーブを曲がったところで、対向車線の路肩に停車したセダンが目に入った。

この道の先には宿しかないと聞いていたとおり、これまで他の車にはまったく出会わなかったので、洵の視線はついそちらに向く。

宿に泊まった人たちかな……。

それにしても、車内に座ったままでこんな場所で停まっているのは、少し不自然な気がする。

運転席のシートが倒されて、ドライバーは寝ているようだったが、助手席に座った年配の女性とふと目が合った。

え……——？

なぜか助けを求めているように思えた。しかし事件的な——たとえば誘拐だとか、そういった緊迫感はない。どちらかと言えば途方に暮れているような、自分がどうすればいいのかわからないといったような表情に見えた。

「……将悟さん！　すみません、停めてください」

通り過ぎた後で、やはり洵は気になって声をかける。

「え？」

将悟は何事かという顔をしながらも、車を停止した。

「あの車の人、なんだか様子が気になるので」

「急患か？」

ルームミラーで背後を覗《のぞ》いた将悟に言われ、洵は自分のわだかまりの正体に気づいた。

そうだ、あの表情は――。

外来患者の付き添いがよく見せる顔だった。苦しむ患者に困惑し、なんとかしてほしいと洵に訴えるときの。

ふたりは車を降りると、数十メートル離れた車まで向かった。

まず運転席側のウインドウに近づくと、シートの上で身体を丸め苦しんでいる男性が目に入った。腹痛だろう。

続いて隣に座る女性のほうに目を向けると、脅《おび》えるような警戒しているような視線をこちらに向けている。

「少しでいいので、窓を開けてくれますか？　なにかお困りのように見えたのですが、お手伝いできることがあれば」

ガラス越しの洵の声に、女性は一瞬の躊躇いを見せたものの、半分以上窓を開けた。車内に充満していたらしい吐瀉物《としゃぶつ》の匂いが漂ってくる。シート脇に置かれたビニール袋だろう。

洵と将悟は改めて一礼し、男性を見下ろした。

「腹痛ですか？　いつから？」

「今朝からなんとなく痛いと言っていたんですが……三十分くらい前に少し休むと言って。でもだんだん痛みが強くなっているようで」

男性の押し殺した呻《うめ》きも聞こえる。

「携帯も繋《つな》がらないし、助けを呼ぶにしても、ここに主人をひとりにしていっていいものかどうかと……」

ふたりきりでただ様子を見守るだけの不安から解放されたせいだろう、女性がにわかに饒舌《じょうぜつ》になる。

「ご主人を診《み》てもよろしいですか？　私は内科医をしていますので」

「ええっ？」

あまりにもタイミングがよすぎる偶然に、女性は声を上げた。洵がウインドウ越しに身分証明書を提示すると、その顔に見る見る安堵の色が浮かんでくる。

「まあ……まあ、なんてこと。お願いします！　あなた、よかったわ。お医者さまですって」

女性が慌ててロックを外したドアを開き、洵は男性に声をかけた。

「聞こえますか？　ちょっと苦しいでしょうけれど、上向きになって、膝を立ててください」

男性は脂汗《あぶらあせ》を浮かべていたが、意識は明瞭《めいりょう》らしい。指示どおりの姿勢を取ろうとして思わず呻き声が洩《も》れ、将悟が介助の手を伸ばした。

「ゆっくりでいいですよ。支えてますから……そう、手はここに」

脈拍を確認しようと触れた手首は、平熱以上あるようだった。少しずつ体勢を変えてもらいながら、腹部を触診していく。

「痛みは……ここ？　ここはどうですか？」

洵の背中越しに、将悟が女性に問診を始める。

「昨日までは、特に変わったことはありませんでしたか？」

「ええ……そうですね。お食事もふつうにいただきましたし、私は同じものをいただいてなんともありませんし……」

呻いた夫に、女性は思わずといったふうに手を伸ばし、汗で額《ひたい》に張りついた髪を掻《か》き上げてやっていた。

最初に目にしたときから予想はついていたが、発熱や嘔吐《おうと》、それにマクバーニー点の圧痛から、急性虫垂炎《ちゅうすいえん》と思われる。ブルンベルグ徴候もあるので、腹膜《ふくまく》への炎症の虞《おそれ》もあるから、なるべく早く病院に運んで検査をしてもらったほうがいい。

「……おそらくアッペ」

振り返って将悟に囁《ささや》くと、黙って頷いて自分の車のほうへと歩いていった。

「ご主人は盲腸のようですから、これから私たちの車で病院まで運びます。この車はこのままでもよろしいですか？」

「あ、はい、それはもう。ありがとうございます！」

「じゃあご主人、私の肩に摑《つか》まれますか？　はい……ゆっくりでいいですから」

将悟の車がUターンして、洵たちのそばで停止する。夫人を助手席に乗せ、洵は男性を抱えるようにして後部席へ収まった。


山を下りたところの総合病院で、男性は無事に収容された。洵たちが身元を明かして説明したせいか、すぐに診察と検査が行われ、急性虫垂炎の診断が下りた。

手術室に運ばれていった患者に、三人はようやくほっと息をつく。

「本当にありがとうございました。なんてお礼を申し上げたらいいか……」

笹原《ささはら》──というらしい──夫人は、洵と将悟に深く頭を下げた。

「いいえ、通りかかってよかった。奥さんこそお疲れでしょう。旅先……ですよね？　不安もあるかもしれませんが、ご主人をお大事になさってください」

たしか車は品川《しながわ》ナンバーだった。慣れない場所で予期せぬ入院ともなれば、いろいろと不便だろうと思っていたところに、将悟が口を開く。

「車、どうしますか？　明日でよければ、私たちがここまで運びますが。通り道ですから」

「いいえ、そこまでしていただくなんて、とんでもない。こちらで処理できますから、どうぞこれ以上お気づかいなく」

慌てた様子で笹原夫人は手を振り、改めて洵と将悟を見上げた。

「お医者さままでもお休み中だったんでしょう？　見ず知らずの者に、本当に親身になっていただいて……」

ありがとうございます、とまた礼を言われ、洵は苦笑する。

「患者さんがいれば、医者はいつだって務めを果たします」

笹原夫人は感激したように目を潤《うる》ませ、それからはっとしたように口元に手を当てた。

「あら、いやだわ。私ったらぼんやりして。お名刺をいただけますか？　後日改めてお礼に伺わせていただきますので」

「いいえ、それには及びません」

「でも……」

食い下がる夫人に困惑の笑みを洩らし、洵はジャケットの内ポケットから名刺入れを取り出した。

「では、なにかお困りのことがあったときの連絡先ということで」

手渡した名刺を、夫人は両手の中で大事そうに包む。

「朝霞…先生……。まあ……うちからもそんなに遠くないわ。これからはぜひお世話になりたいと思います」

「急病のときには、一刻も早く最寄《もよ》りの病院に行かれることですよ」

繰り返す感謝の言葉に見送られて、ふたりは病院を後にした。


二度目の道を走りながら、将悟が呟く。

「暗くなってきたな……」

「遅くなってしまいましたね……すみません、せっかくの旅行なのに」

実は、あの場で洵の携帯は電波が通じていた。救急車を呼んで、任せてしまうことも可能だったのだ。

けれど――。

「なに言ってる。当たり前のことだろう?」

しかし正面を向いたままの将悟に返され、洵は横を振り向く。

「俺の携帯は電波が届いてたけどな、目の前で患者が苦しんでるんだ。あそこで救急車を呼ぶよりも、俺たちが病院に運んで説明したほうが、患者はずっと早く楽になるじゃないか」

「将悟さん……」

洵が口に出さなくても、すぐに自分から車を回してきてくれたのは、将悟もまた医師としてそうするのが当然のことと考えていたからだった。

やっぱり……この人とは考え方が同じだ。

それを洵は嬉しく思う。

「そう……ですよね」

「俺のほうこそ、病院で長居させて悪かったな。結果が出るのを待っていたところで、俺がオペをするわけじゃないんだが……一度関わった以上、確認しておきたかったから」

「いいえ。俺だってそのまま帰ったら、きっと気になって落ち着かなかったと思います」

「似たもの同士だな」

横顔が緩い笑みを浮かべる。どこか満足そうにも見えて、洵も口元を緩めた。

「さあ、後は風呂とうまい飯とで……ゆっくり過ごそう」

再び手を絡め合ったまま、山奥の宿へと向かった。

宿の入り口は、木々に隠れるようにしてひっそりとあった。

広い敷地を築地塀《ついじべい》が囲み、母屋《おもや》の奥に広がる庭園の中に、離れ造りの客室が八棟《むね》だけという贅《ぜい》沢《たく》さだ。

案内された離れの一室に腰を落ち着けたふたりは、窓から見える坪庭《つぼにわ》を眺めた。竹を組んだ塀に囲まれた空間は小さな篝火《かがりび》に照らされ、紅葉した葉までちらちらと燃えているようだ。

「朝になれば、向こうにお山も見えますよ」

お疲れさまでした、と仲居がお茶を出してくれる。

「お食事は何時にいたしましょうか？」

「先に風呂に入りたいので、そうだな……八時ごろ？」

将悟が答えながら洵を見た。時計に目をやると、あと一時間半ほどある。洵は頷きを返した。

「承知いたしました。では、ごゆっくりお過ごしください」

一礼して仲居が襖《ふすま》の向こうに去り、軽い足音が遠ざかっていく。玄関の引き戸が閉まると、辺りは静寂に包まれた。

小さな床の間には、竹編みの盆に花水木《はなみずき》と小菊が飾られている。花水木の赤い実が、季節を感じさせた。

「いいところですね」

「ああ」

立ち上がった将悟は、隣の襖を開ける。廊下を挟んで、その向こうにまた襖があった。そちらが寝室になるのだろう。廊下の庭側の突き当たりには、小さな磨《す》りガラスのはまった板戸。

「洵、来てごらん」

板戸を開けた将悟に呼ばれた。

「わ……すごい」

並んで戸の外を見ると、広めの濡《ぬ》れ縁《えん》があり、その先に岩造りの露天風呂が湯気を上げていた。

「内風呂もあるそうだが、まずはこっちだな」

板戸の手前には棚があり、柳 行李《やなぎごうり》に入った浴衣や丹前《たんぜん》が用意されている。

将悟は勢いよくセーターを捲《まく》り上げると、目を瞠《みは》る洵の前で、次々と衣類を脱ぎ落としていく。

あっという間に全裸の背中を見せ、濡れ縁へと足を踏み出した。

「早くおいで」

かすかな笑みを浮かべて振り返り、湯気の中へと進む逞《たくま》しい後ろ姿に見とれていた洵は、少し動悸《どうき》を速くしながら眼鏡を外して棚の隅に置いた。

一緒に風呂に入ったことがないわけではないし、将悟の裸だって何度も見ている。それどころか、ふたりでいる時間は衣服を纏っていないことのほうが多いくらいだ。

なんでこんなにどきどきしてるんだろう……。

深呼吸をひとつして、服を脱ぎ始める。

扉の向こうに将悟が待っていると思うと、恥じらいとときめきが抑えきれず、裸でつかの間逡《しゅん》巡《じゅん》した後、必要以上に大きな音をたてて引き戸を開けて外に出た。

「滑るなよ」

濡れ縁から石の上に下りたところで、湯船の中の将悟から声がかかった。裸眼の洵にはよくわからないが、じっとこちらを見つめているのだろう。

ずるい……俺はよく見えないのに。

洵は背中を向けるようにして桶《おけ》に湯を掬《すく》い、肩先から流す。かすかな硫黄の匂い。

庭にあったものと同じような篝火が灯《とも》され、さほどの明るさではなかったが、身体を隠すようにしながら動いて湯に浸《つ》かった。

晩秋の夜はさすがに冷え始め、温かさにほっと息が洩れる。

ふたりで入るには広すぎると感じるのは、マンションやホテルのユニットバスばかりに慣れているせいだろう。全身を見渡せる距離が取れることがどこか気恥ずかしく、視線の合わない方向

を向いていると、

「洵……」

湯面をさざ波立たせて、将悟の手が伸びてきた。

「おいで……」

「あ……」

腕を取られ引き寄せられて、流れるように背中が厚い胸に突き当たった。

濡れた温かな手が、洵の冷えた頬《ほお》を撫《な》でる。間近から見下ろしてくる顔は、髪をすっかり掻き上げていて、秀でた額とくっきりとした眉が目立つ。その目が優しく細められているのも――。

「洵……愛してる――」

「……んっ……ん、……」

ふいにくちづけられて、指が湯面を叩いた。

忍び込んできた舌は、突然のことに焦る洵の舌を追い回して絡みついてくる。

「……ん、……は、あ……」

湯気に湿り始めた頬を舐《な》められ、耳朶《じだ》を甘く噛《か》まれ、思わず悲鳴にも似た声を上げた。その響きに自分が驚いて身をすくませる。

将悟の手は宥《なだ》めるように胸を這《は》い上がり、キスでわずかに芯を作り始めていた先端をつまんだ。

親指と人差し指の腹で擦《こす》り合わされ、たちまち堅く尖《とが》ってしまう。

「や……、将悟、さ……これから食事…が……」

「だから時間を遅めにしてもらったんだろう？」

膝の間に洵の身体を挟み込み、両手で洵の乳首を嬲《なぶ》る。

このひと月の間に繰り返された行為で、洵のそこはひどく感じやすくなってしまった。温《ぬる》めの湯にさえ、ちりちりと焙《あぶ》られるような疼《うず》きを誘われる。

そして尾骨の上辺りに当たる将悟のものが、次第にはっきりと存在を主張し始めていく感触が伝わり、否応なく洵までが昂《たかぶ》っていく。

あ……どうしよう……。

「や…めて……」

「本当に？」

耳朶を咥《くわ》えたまま囁かれながら、肉の粒を搾《しぼ》るようにつねられて、洵は甘い声を洩らした。

「俺は迎えに行った洵が車に乗ったときから、こうしたかったのに……？」

将悟は洵の脚の間に自分の両膝を割り込ませ、大きく開く。自然と洵は将悟の膝に脚を広げて跨《また》がる格好になった。

「あっ、あ……」

無防備に晒《さら》した双珠から後ろの窄《すぼ》まりの辺りに、将悟の力強く膨張したものが当たる。揶揄《からか》うように先端で突かれ、切ないような疼きが、腰から背中へと這い上がってくる。

「洵はそんなことない？」

「あ…っ、……で、も……」

やわやわと胸全体を撫で擦る将悟の腕を、きつく握りしめる。けれどそれは決して制止の動作ではなく——。

「は…あ……っ、しょう…ご、さ……」

狭間《はざま》の刺激に弱い場所を、屹立《きつりつ》でゆっくりと擦られる。そのたびに双珠を突かれ、後孔を撫でられて、洵はもの足りなくて腰を蠢《うごめ》かしてしまう。

もっと……強く……——。

湯の中で頼りなく揺れる昂りに、せめて触れてほしいと願う。

「……ん……っ、……あ……」

将悟の肩に頭を乗せるように仰け反った。

下肢を愛撫する将悟の堅さが恋しくて、いっそこのまま飲《の》み込んでしまえたらと思う。

「洵もほしかった……？　ほら、そんな……誘うみたいに腰を振って……」

「や…だ……、あ……」

はしたないと思われる恥ずかしさと、それでも将悟が欲しいという気持ちがせめぎ合って、洵は将悟の頬に顔を押しつけてかぶりを振る。

宥めるような一瞬のキスの後で、低い声が囁いた。

「どうしてほしい？　言ってごらん……」

熱い――。

洵の身体は胸まで湯から出ていたが、頬が火照《ほて》るほど熱く、頭の中まで朦朧《もうろう》とする。

「……さ…わって……」

「……どこに……？」

意地の悪い問いかけをする恋人を、潤んだ瞳で見つめる。

摑んでいた将悟の手を、胸から腹へと引き下ろしていった。

「……ここ……――」

導いていた手が、待ち焦がれていた場所に触れる――その寸前に、びくりとも動かなくなる。

「……将悟……さん……？」

切なく目を瞠った洵に、将悟は微笑みかけた。洵を膝から下ろし、湯船の縁に座らせる。冷えた岩肌の感触に、一瞬肌が総毛立つ。

戸惑い見下ろす洵の膝が、大きく開かされた。将悟は湯の中で膝立ちになり、洵の昂りに顔を伏せていく。

「……んあ……っ、あ、あ……」

湯よりも熱い潤みに包まれ、洵は背中を撓《たわ》ませた。思わず逞しい肩を摑んだ指が爪を立てる。形をなぞるように絡ませていた舌が、根元から先端へと撫で上げてくる。同時に強弱をつけて吸引され、強烈な快感に腰が震えた。

「あっ、あ、や…っ…、強……」

焦《じ》らされていた分を取り戻そうとするかのように、身体は余すところなく愛撫を享受し、その刺激の強さに、洵は身悶《みもだ》える。

こんな……ところで……。

いくらなんでもここで達してしまうのは躊躇われて、堪えようとする分快楽の深さを味わうことになった。

「や……だめ……っ、……っも……――」

逃れようと膝を引いたところに足首を摑まれ、力の入らない身体は湯の中へ引き戻された。湯船の縁にすがりついた洵の背中に将悟が覆い被さってくる。

「ああ……っ」

膝の間を潜って伸びてきた手に、今にも弾けそうな昂りを握られた。指がなめらかに動くのは、先端から溢《あふ》れ出したもののせいだろう。擦り上げる手の動きに合わせて、もう一方の手が洵の肉の薄い双丘を撫で回した。

「ひ……――」

片尻をぐっと摑まれて、狭間にひときわ冷えた空気を感じた瞬間、そこを熱くぬめるもので覆われた。乳首や性器への愛撫で疼いていた窪《くぼ》みが、舌の刺激に悦《よろこ》んだように蠢く。

「あう……あ……あ……」

舌は入り口を丹念に舐め回すと、先を尖らせて奥へと進もうとする。抵抗しようとする心と、甘美な刺激に酔わされた身体が、ただガクガクと震えた。

「ふ……あぁ…っ……」

身体の内側を舐められる衝撃には、いつまで経っても慣れない。けれどその感触には、抗いがたい快感を与えられもする。

そして次第に、甘い愛撫にもの足りなくなる。舌に撫でられるたびに、もっと奥まで乱してほしいというようにヒクヒクと収縮する。

「……もっと、したい……?」

唇が離れて、吐息を吹きかけるように問われた。

「あ……あ……して……っ、もっと……」

もう洵の屹立を握る将悟の手は、ただ添えられているだけだったが、洵は自分から擦りつけるようにして腰を揺らした。

はしたないと思われてもいい。愛撫が欲しい。彼が——欲しい。

入り口に指先がかかる。くるりと周囲をなぞって、慎重に侵入してくる。

「う……う……」

肉を押し分けてくるたしかな存在感に、背中が震えた。両の肘《ひじ》が折れて、胸が平らに削った石に落ちる。一瞬その冷たさにビクリとした。

「すごい……中がうねってる……」

内壁を探るように指を回されて、身体は勝手にそれを締めつけた。

「そんなに食いつかないで……もっと緩めて」

将悟の言葉に洵はかぶりを振った。

もう限界が近い。早く達《い》かせてほしい。

「や……も、いく……っ……」

「まだ」

性器の根元をきつく握られて、洵は高い声を放った。

「もう一本飲んでから……それで、気持ちいいところを触ってあげるから……」

「あう……っ」

入り込んでいる指に添わせるようにして、二本目が潜り込んでくる。倍に広がった場所が、震えながら奥へと誘うように蠢いた。

今いる場所が、板塀《いたべい》と樹木に囲われているとはいえ屋外だということも、どうでもよくなっていた。身体の中で渦巻く欲望を解放したくて、将悟の指を急《せ》かすように腰を振る。

「ね…、はや、く……っ、あ……こす、って……」

「どっち？　前……？　それとも……」

「あ……指……、な、なか…っ……」

低い忍び笑いが背中に伝わり、肩胛骨《けんこうこつ》の辺りを舌が這う。浅い抜き差しを繰り返していた指がぐっと深くなり、強く感じるポイントを攻める。

「あ…っ、あ、ああ……っ」

「いい……？」

戯《たわむ》れるように肩を嚙まれ、それさえも甘い快楽を呼ぶ。

「……い…っ、いい……、あ……もう……っ、ああ…っ……――」

体内の指をきつく食いしめ、すでに拘束から解放されていた昂りから、洵は熱い飛沫《しぶき》を放った。

「あら、少しお顔が赤いですね。暖房が強すぎますか？」

座卓に料理の皿を並べていた仲居が、洵の顔を見て首を傾げる。

「いえ……長湯をしたせいでしょう」

慌てて首を振り、向かいに座る将悟をほんの少し恨めしげに見た。

「露天のほうにお入りでしたか？　お顔は冷たいので、つい長くなってしまいますよね」

仲居はどうということもなく微笑して、てきぱきと座卓の上を埋めていく。

「こちらがまな鰹《がつお》の銀子《ぎんす》巻き、アジの錦子《きんし》巻き、カニの砧《きぬた》巻き。柿酢《かきず》でお召し上がりください。こちらはカマスの香酒焼き。紹興酒《ショウコウシュ》で漬けたものです。土瓶蒸《どびんむ》しは松茸《まつたけ》と鱧《はも》と銀杏《ぎんなん》が入っております」

季節の懐石料理は、見た目も美しい。土瓶蒸しから、松茸のいい香りがした。

あの後洵は将悟に身体を清められて、抱きかかえるように湯船へと戻された。

人心地がついて自分だけが達してしまったことに気づき、将悟の身体に手を伸ばそうとしたのだが、やんわりと押しとどめられて、身体を温めるだけで湯から上がった。

それから浴衣に着替えてほどなくして、夕食を運ぶという電話が入ったから、時間がなかったこともあったのだろう。

後になってみれば、ひとりでさんざん乱れてしまった自分が恥ずかしい。

「お酒はただいま女将《おかみ》がお持ちしますので」

そう言って仲居が下がってしまうと、なんとなく気まずくて沈黙してしまう。変に意識せず声をかければいいのだろうけれど、そっと将悟の顔を窺《うかが》うのが精一杯だった。

「お、栗の渋皮《しぶかわ》煮がある」

料理を見回していた将悟は、ふと笑顔を見せた。風呂での一件をまったく気にしていない様子にほっとして、洵は会話を繋ぐ。

「そういえば、意外と甘党なんですね。チョコレート持ってたりして」

まだ互いの気持ちを打ち明けずにいたころ、洵は当直の夜にカンファレンスルームでうたた寝をしてしまったことがある。目覚めたときには、机の上に銀紙に包まれたチョコレートが一粒置かれていた。

他にも、院内で話をしていて別れ際に手を握られ、狼狽えるとその手の中に同じチョコレートが乗せられていたことも何度かあった。

「ああ、あれは非常食」

さらりと返すのがおかしくて、洵は小さく笑った。よけいなことを気にしすぎだ。

恋人が相手のセックスに溺《おぼ》れたところで、なにを恥じることもない。相手が将悟だからこそ、彼を愛しているからこその反応なのだと思い直す。

それに……俺が感じるほど、なんだか嬉しそうだし……。

思い出してまた少し頬が熱くなった洵は、慌てて用意されていた氷水を飲んだ。

玄関の戸が開く音がして、襖の向こうから「失礼いたします」と声がかかる。現れた女将は四十を超えたくらいの小柄な美人だった。大島紬《おおしまつむぎ》が色白の肌によく似合う。

「ご挨拶《あいさつ》が遅れまして。ようこそおいでくださいました」

「お世話になります」

間口で礼をした女将が用意した盆に載っていたのは、スパークリングワインだった。高価なことで著名な銘柄だ。

将悟さんが……？

将悟にしては意外な選択だと思いながら見つめていると、グラスを並べていた女将が微笑した。

「こちらにいらっしゃる前に、先生方が病院へお運びになった笹原さま。うちにお泊まりいただいたお客さまだったんですよ」

「あ……そうでしたか」

遭遇したのはこの宿へ向かう一本道だったから、互いに宿の客と見当をつけるのが自然だろう。

あの場では慌ただしくて、笹原夫人との間にそんな話は出なかったが。

「ええ。それで先ほどお電話がありましてね、お医者さまがお泊まりじゃないかって。大変お世話になったから、ぜひお夕食になにか差し上げてほしいとご依頼を受けましたので、これを。ご予約いただいたおりに、海外へのご転勤前のご旅行だと伺いましたし、記念にお開けください」

手渡されたボトルを手に、将悟と洵は顔を見合わせる。

「エノテークだって。一九七三年。飲んだことある？」

「いいえ……」

「じゃあ、せっかくだからいただこうか」

将悟はそう言って、小気味いい音をたてて栓を抜いた。女将がボトルを受け取り、グラスに注いでくれる。

「乾杯」

グラスを合わせて口をつける。洵と同じくらいの時を経ているワインとは思えない新鮮さと、熟成された複雑さを併せ持った味だった。

「笹原さまご夫妻にも、ご贔屓《ひいき》にしていただいているんですよ。私からもお礼を申し上げます」

「偶然通りかかったので……。ご夫婦で旅行ですか。仲がいいんですね」

医師として当たり前のことをしただけなのに、やたら感謝されるのもきまりが悪く、洵は笹原夫妻のほうに話題を向けた。

「ええ、とても睦《むつ》まじくていらっしゃいます。ずっと別々にお暮らしだったそうですから、特に今は片時も離れないそうですよ」

「別々に？」

グラスを口から離して聞き返す将悟に、女将は頷いた。

「ご主人さまが単身赴任であちこち。海外のこともおありだったそうです。かれこれ二十年くらいっておっしゃってたかしら？　昨年退職されて、やっとご一緒にお暮らしになれるようになったので、あちこちご旅行されてるようですね」

あの夫婦が……。

自分のほうが倒れそうな顔で見守りながら、苦しむ夫の髪を掻き上げていた夫人の様子が思い出される。

ずっと長い時間を一緒に暮らしてきたのだと思っていたのに、これからの自分たちと同じように、互いを想いながらひとりで過ごしていたのか。

思わず向かい側を見ると、将悟もまた洵を見つめていた。

「あらあら、失礼いたしました。どうぞ召し上がってくださいな。後で日本酒もお持ちしますね」

女将が退出すると、将悟は洵のグラスにワインを注いだ。

「なにを考えてる？」

「え……」

「あの夫婦の話を聞いて、俺たちの遠い未来でも重ねてた？」

たしかに別離が目の前に迫っている今は、彼らの境遇と自分たちをだぶらせてしまいがちだ。

しかし笹原夫妻と自分たちを重ねるのなら、これからの別々の時間ではなく、その後のふたり一緒の未来を思えばいい。彼らの今がこうあるように、きっと自分たちにも同じ――いや、それ以上に仲睦まじく幸せな日々が待っているに違いない。

共に歩く未来のために、自分たちはこれからの別々の生活を決めたのだから。

今はただ互いを信じて、前に進んでいけばいい。

笹原夫妻と今ここで出会ったのは、暗示のように思えた。

なにも不安はない。ただ、ほんの少し寂しいだけ――。

じっと見つめる将悟に、洵はゆっくりと首を振った。

「……いいえ。ただ、似たような境遇で偶然だな、と」

将悟は微笑し、自分のグラスも満たすと、洵に向けて掲げた。

「そうだな。まあ、俺たちなら二十年もかかるとは思えないが」

軽い笑い声を上げて箸《はし》を取る。

仕事中はもちろんのことふたりでいるときも、そうそう食事に時間を取るようなことはなく、食べることを楽しむのは久しぶりのことだと思った。

「うん、うまい。……またここに来よう」

それをすぐ近い未来の予定のように言う将悟に、洵は胸の奥の寂しさを慰められる気がした。

檜《ひのき》の香りが肌に移ったような気がする。

内風呂で互いの身体と髪を洗い合った後、洵は先に脱衣所へ戻った。背中から抱かれるようにして湯船に浸かっているうちに、湯のせいでなく、また身体が熱くなってくるような気がしたから。

身体を拭《ふ》いていると浴室の戸が開き、湯気を纏った将悟が背後に立ったのが、鏡越しに見えた。筋肉の起伏に沿って水滴が流れ落ちる裸体から、目が離せない。背中に感じる熱気が、洵の身体の中にまで染み込んでくるようだ。

好きだ……胸が苦しくなるくらい——。

「どうした？」

立ち尽くす洵の背後から唇が耳朶に近づいて、低い声音が空気を震わせる。厚い胸板に、そっと背中を預けた。

「……ここへ来てよかったな、って。連れてきてくれてありがとう」

ふたりきりの濃密な時間が、今の洵にはなによりも嬉しくて大切だった。

大きな手が肩を抱く。

「時間が許せば、もっと遠くへ行きたかったんだけどな」

いいえ、と洵は将悟を振り返った。

「ふたりで旅行できるなんて、考えてもみなかった。準備で忙しいのに……」

「これからだって、行こうと思えばいつだって行ける。休暇が取れたら、洵がロスに来たっていい」

将悟の額に落ちた髪を、洵は微笑を浮かべて撫で上げた。

食事のときもずっと眼鏡を外したままだったせいか、目が慣れていつもよりも将悟の顔がはっきり見える。

じっと見つめたまま、指先を動かしていく。切れ長の目、真っ直ぐな鼻梁《びりょう》、少し厚めの唇――。

忘れないように、目と指先にしっかりと記憶する。

「あ……っ」

ふいに唇が指先を捕らえた。柔らかく噛まれ、その奥で舌がちろちろと爪を舐める。そこから腕を伝って剝《む》き出しの肩まで、甘い痺《しび》れが走った。

「将悟、さ……」

ピクリと揺れた指先は解放されたが、手首を摑まれ、手のひらにくちづけされた。舌先が線を描くように手首へと辿《たど》っていく。

徐々に吊《つ》り上げられていく腕の内側を、ときおり歯を立てられながら舐め下ろされ、洵は小刻みに震えた。

「……もう、……行きましょう」

自分の腕を奪い返して胸の中へ庇《かば》う。途切れた刺激にほっと息をつく。

「洵……」

なおも手が伸ばされそうになったのを、洵は身を躱《かわ》すようにして将悟に背を向けた。

「……ここじゃ狭すぎる……」

そう呟いて裸のまま脱衣所を出ると、すでに二組の布団が敷かれている奥の座敷へと向かった。

明かりもつけずに、その片方に潜り込む。濡れた髪が布団を湿らせていった。

脱衣所の戸が閉まる音がして、裸足《はだし》の足音が近づく。

布団の中で息を殺す洵の鼓動が、期待に大きくなる。

開け放したままだった襖が閉じ、枕元の明かりがぱちんと鳴った。

「洵……？」

そっとずらされた布団の縁から見上げると、淡い明かりの中に、深い陰影に縁取られた微笑があった。

「布団に潜り込んでても狭いだろう？」

洵は上掛けを跳ね上げて、シーツの上に座った。将悟も浴衣は着ておらず、腰にバスタオルを巻いているだけだ。

忘れない。忘れられない。将悟の唇、肌の感触。

今だって触れられた場所が疼き続けて、もっと強く愛されるのを待っている。

では将悟には――？　同じように洵を覚えていてほしい。

将悟が与えてくれたこの時間に、忘れられなくなるような自分を刻みつけておきたい。

どうすればいい……？

洵はコクリと唾を飲み込み、そっとそのタオルを引き落とす。

「忘れないで……」

視線を合わせたまま将悟の下肢に手を伸ばすと、その顔が目を瞠った。

半ば勃《た》ち上がっていたものが、洵の手の中で勢いを増す。屈《かが》み込むようにして、そこに顔を近づけた。

先端をそっと舐める。ピクンと揺れて、さらに手の中で堅く逞しく育っていくものに、ゆっくりと舌を這わせていった。

「……洵……っ……」

大きな手に濡れた髪を撫でられた。指先にはときおり力がこもり、そのたびに慌てたように指が浮く。

唾液にぬめるそれを口中に含む。堅く熱く喉奥までを塞《ふさ》ぐものに、懸命に舌を這わせる。

「……う……」

押し殺しきれなかったというような呻きが、頭上から聞こえた。

舌先に先走りを感じ、洵はそっと目を上げる。眇《すが》めた目や嚙みしめて歪《ゆが》んだ口元が、将悟が感じていることを教えてくれた。

それを見つめる自分も、きっと欲望に濡れた顔をしているのだろう。舌先から伝わる熱情が、身体の中を通って洵を高まらせていた。

「洵、もう……」

髪を摑む指が、唇を遠ざけようとする。しかし洵は将悟の腰を抱きかかえるようにして、いっそう強く屹立に舌を絡ませ吸い上げる。

波打つように茎が脈動して口中に噴き上げてきたものを、躊躇わずに飲み込んだ。

深いため息が何度か聞こえ、両手に頬を包まれて顔を上げさせられる。微苦笑を浮かべた将悟の指先が、濡れた唇を拭《ぬぐ》った。

「……驚かされるな」

洵のほうからしたのは初めてのことだったけれど、それは今まで機会がなかっただけだ。いつも将悟の愛撫の心地よさ、激しさに飲み込まれて、受け止めるだけで精一杯だったから。

洵も同じように将悟を愛したかった。この想いを伝えるすべになるなら、どんなことでもしたいと思っていた。

少しでも強く多く、将悟の心に自分を残しておきたい。

促されるまま身を起こして膝立ちになった洵は、将悟の肩に腕を回した。

「忘れないで……」

洵はもう一度囁く。

「忘れられるはずがないだろう？　いつだっておまえのことを考えてる」

音をたてるキスを唇にくれた後で、首筋を下りていった将悟の唇が、ぷつんと尖った乳首に触れた。

「今は……どうやってお返しをしようかと考えてる……」

唇で挟み込んで軽く引っ張り、さらに堅くなったものを舌先で押しつぶす。

「あ、あ…あ……」

無意識に逃げようとした身体を引き寄せられ、膝の間を将悟の脚に割り込まれて、不安定にすがりつく。将悟の腹筋に勃起した性器が密着して、切ないため息が洩れてしまう。

「こんなに尖らせて……どうするつもりだ？」

「あ…っ、え……？」

擦り上げるように舐められ、胸の先端がジンジンと疼く。

「こんな敏感な身体で……俺がいない間、我慢できる？　それとも……自分で可愛がる……？」

片手を摑まれ、指先を操られて自分の乳首に触れさせられた。ふだんとは違うもののように、堅く膨《ふく》らんで、色づいている。

「や……やだ…っ……」

逃げる手と押さえつけようとする手が絡み合う。

「どうして？　ひとりでするしかないだろう？」

「しない……っ、自分の手もいらない……将悟、さん…しか、欲しくない……」

こんなときに先のことを言う将悟が恨めしくなる。

「洵……」

それなのに、将悟はどこか嬉しそうで。

しかし今はそんなことを責めるよりも、少しでも触れ合いたい。洵は将悟の手を下肢へ導く。

「だから……触って……?」

すでに乾いていた肌の間で、洵の屹立は先端を潤ませていた。将悟の指が、鈴口の周りにぬめりを塗り込めるように撫で回す。

「あ、あ……」

背中から腰を行き来していたもう一方の手がいったん離れ、再び狭間に触れてきたときには指先をたっぷりと濡らしていた。潤滑剤《じゅんかつ》を用意していたのだろう。

尾骨の位置から潜るように滑り込み、後孔の周囲を揉《も》むように撫でる。将悟の腿《もも》を挟み込んで大きく開いている脚は、その手の動きをまったく妨げない。もちろん妨げるつもりもなかったけれど。

「は……、あっ……」

柔らかな愛撫に息が上がる。急かすように腰が揺れてしまう。

両手で包むように双丘を揉まれ、洵は放置された昂りを、堅い腹筋に擦りつけた。

「ヒクヒクしてる……」

両手の指が一本ずつ、入り口を撫で回した。

「欲しい……?」

唆《そそのか》すように耳元で囁かれ、洵はたまらず頷く。

「そうだな。何回も挿《い》れて……よく覚えておいて……俺の指の形も、どんなふうに動いて……洵を気持ちよくさせるかも……」

孔を左右に引っ張るようにして、一度に二本の指が入ってきた。

「あ、あ、や……っ」

太腿が震える。ゆっくりと内壁を擦りながら、押し開かれていく。

このひと月の間に洵の身体を知りつくした指は、どこがどのくらい感じるかすっかり覚えていて、洵の反応さえコントロールする。

じわじわと微弱な快感を送り込まれ、洵は次第に焦れて身悶えた。

「あっ……ん、……しょう、ご……さ……、も……」

濡れた場所が淫《みだ》らな音を放つのもかまわず、指を感じる部分に合わせようと腰を揺らめかせる。

先刻《せんこく》露天風呂で放出したというのに、欲望は少しも衰えることがなかった。将悟自身を身の中に収めずに終わってしまった分、むしろ渇望は強い。

将悟の腹に擦れる屹立が、ぬるぬると滑ってもどかしい。

大きく腰を動かした瞬間、熱い昂りに触れる。

「……っふ、あ……」

すでに力を蘇《よみがえ》らせていた将悟のものだと気づくと、洵は自分の性器を押しつけるようにして擦り合わせた。

溢れる蜜が将悟の屹立まで濡らしていく感触と、身体の中を蠢く指の感触に、洵は追いつめられていった。

将悟の肩にしがみついたまま体重を預けて、力強い身体を押し倒していく。シーツの上に仰向けになって目を瞠る将悟に、覆い被さる体勢になった。弾みで指が体内から抜け出し、喪失感に身震いする。

息を荒げてせっぱ詰まった目で見下ろすと、将悟は口元にかすかな笑みを浮かべた。

「……今日はずいぶん積極的だ」

唇に触れた指を、舌を絡めて舐《ねぶ》る。

「俺はいつだって……あなたが欲しい……」

洵は上体を起こして、後ろ手に将悟の昂りを摑んだ。膝立ちのまま自分の後孔を、その先端に押し当てる。

「……ん…っ、ふ……う……」

張り出した部分に窄まりを大きく押し広げられ、下肢から力が抜けそうになる。震える太腿に、将悟の手が支えるように添えられた。

先端を飲み込むと、身体はゆっくり沈んでいく。

「あ……ああ……」

充足感に眩暈《めまい》がしそうだった。串刺《くしざ》しにされたように背筋は仰け反るのに、その圧迫感が嬉しい。

将悟がいる——身体と心が満たされていく。

すべてを収めて目を開き視線を落とすと、将悟はうっとりしたように洵を見上げていた。

「まいったな……頭に焼きついて離れなくなりそうだ……」

「そう……覚えていて……」

忘れないでほしい。誰よりも将悟を愛している自分がいることを。

そっと腰を揺らす。内壁を擦られる心地よさに、肌が粟立《あわだ》つ。

「は、あっ……」

上下する身体に合わせて頼りなく揺れる性器に、将悟の指が絡んだ。

「どんどん溢れてる……気持ちいい？」

慣れない体勢での能動的なセックスは、将悟に与えられるような目くるめく快感には変化しない。

洵は首を振って、さらに激しく腰を揺らめかせる。

「……たり、ない……動いて……、して……っ……」

懇願に、大きな手が腰を摑んだ。浮きかけた腰を、奥深く突き上げられる。

「ああっ、あう……」

脳天にまで突き抜けるような快感が走り、内壁は歓喜に妖しく蠢く。伝わる刺激に、乳首が絞り込まれるように堅く尖った。

抑えめな空調の中、仰け反った洵の首筋を汗が伝い落ちていく。その感触のむず痒《がゆ》さにまで、身震いする。

欲しい場所を抉《えぐ》るように穿《うが》たれて、洵は無意識に体内の将悟を締めつけた。それをものともせず拓き擦る逞しさに陶酔する。

将悟の片手が胸に這い上がり、凝《しこ》った粒を捻《ねじ》り上げられ、その刺激に我知らず嬌声《きょうせい》がこぼれた。

堅い腹筋に添えられた自分の両手は役に立たず、ほとんど将悟の片手で支えられているだけの身体が、跳ねるほどに揺さぶられる。

いっぱいに拡げられた場所を余すところなく擦られて、頭の中まで掻き回されているかのように、快楽で混沌《こんとん》とする。

淫らに濡れた音と将悟の忙しない息づかい、そして名を呼ぶ声が下から洩れ聞こえ、さらに洵を煽《あお》っていった。

体内を巡る血まで、音をたてて流れているような気がする。

湿った額に髪が張りつく。喘《あえ》ぎ続ける喉が渇いて、舌が痺れた。

「……いい…っ、……あ、あ、……も……――」

限界まで張りつめた性器から、白濁が噴き上げる。同時に内部が痙攣《けいれん》するように収縮し、将悟の屹立をありありと感じた。そこから熱いものが放たれるのも――。

反り返っていた身体が、芯を失ったように将悟の上に倒れる。寄せ合った顔の間で、荒い息が溶け合う。

汗に濡れた頬にくちづけられ、洵は将悟の首筋にキスを返した。先ほど手のひらで念入りに洗ったはずの肌が、わずかに塩辛い。

背中を撫で下ろした手が、双丘の狭間の、まだ繋がった部分に触れる。

「んん……っ」

ヒクリと動いた縁から、体内に放たれたものが溢れてきた。それを戻そうとするかのように、将悟は結合を深くする。

「あ……っ、ま、待って……まだ……」

絶頂の余韻が抜けきらない洵は将悟を止めようとしたが、抱きしめられたまま横転し、上下が

逆になった。

「まだ……覚えきれない。もっとおまえを教えてくれ……」

誘うような眼差しに見下ろされ、洵はなにも言えなくなる。

近づいてくる唇に、両手を逞しい頸《くび》に回して目を閉じた。


翌朝ゆっくりと目覚めたふたりは、朝湯を使った後で朝食を摂った。

将悟のマンションに置いたままにしていた洵の衣服を持ってきてくれていたので、ジャケットに合いそうなベージュのセーターに着替えて昼前に宿を出た。

「ちょっと寄っていこう」

目についたフラワーショップの前で停止し、ふたりは車を降りる。

季節とは無関係に店内は色とりどりの花で溢れ、甘い香りまで漂っている。

「お見舞いを贈ろうと思って」

真剣に花を吟味《ぎんみ》する将悟の横顔に、洵は気づかいと優しさを感じて嬉しくなった。こんな将悟の一面もとても好きだ。

「大事にならなくてよかったですね」

今朝病院に電話をしたところ、笹原氏は腹膜炎を併発する手前でどうにか止まったということだった。一週間ほどで退院できるだろう。

将悟が選んだのは可憐《かれん》な黄色とオレンジのガーベラで、それに合わせてミニバラやフィラフラワーを混ぜてもらい、グラデーションの美しいアレンジが出来上がった。メッセージカードを添えて配送も頼む。

偶然の出会いではあったが、あの夫妻に自分たちの遠い未来を示されたような気がした。

きっと……俺たちはあんなふうに過ごしている。

だからこれからの別々の生活を案じることはないのだと、勇気づけてもらった礼にもなるといいのだが。

再び車に乗り込むと、将悟は帰路とは違う方向に進んでいく。

「どこへ……？」

「せっかく来たんだ。観光らしいこともしていこう」

遠景《えんけい》に見える晩秋の山々は、トーンを落とした紅や黄色に染まっている。やがて訪れるモノクロームの冬を前に、最後の輝きを放っているようだった。

車が停まったのは、ガラス工芸を展示する美術館だった。木々や池に囲まれ、中世ヨーロッパの雰囲気を醸《かも》し出す建物が点在している。童話に出てくるような景色は、思わず笑みがこぼれるほど可愛らしい。

「なんだ？」

「……いえ、将悟さんの選んだ場所にしては……」

途中で言葉を止めた洵の背中を、将悟は軽く叩く。

「デートにはふさわしい場所じゃないか」

少しひやりとする空気が心地よかった。平日のせいなのか人もそう多くなく、ふたりは寄り添って庭園内を散策した後で美術館に入った。

「わ…あ……」

年代物のヴェネチアングラスが並ぶ館内は、ガラスを最大限に美しく見せるためか、やや黄色みがかかった柔らかな明かりで照らされている。

ゴブレットやコンポートなどだけでなく、飾り時計や祭壇、人形も展示されていた。

「きれいですね……」

少し気の早いクリスマス仕様だろうか、キリスト生誕までの各シーンを再現したレースグラスの人形の前で、洵は足を止める。受胎告知に現れた天使ガブリエルの衣《ころも》の裾は、本当にレース編みをガラスに埋め込んだように繊細だった。

「興味がある？」

並んで見下ろす将悟に訊ねられ、洵は首を振った。

「いいえ、高価なものだということくらいしか……母が集めているようですけど、ほとんどグラスなので。たしかにこれは美術品ですね」
十五、六世紀の作品が多いのは、ルネサンス芸術の一端を担っていたことを窺わせる。時の貴族たちが贅を競い合って、華麗な調度品を作らせていたのだろう。
「こんなものが日常使いだった世界もあるんだな」

「我々のような庶民には、手に入れたところで使いこなせないでしょうね。せいぜいが記念日に取り出して、緊張しながらワインを一杯が関の山だ」

「……なるほど」

忍び笑いながら、順繰りに歩いていく。

ミュージアムショップは、大小さまざまのガラスが放つ光に溢れていた。ひときわ目を引いたのは、吹き玉をいくつも飾ったガラス製のツリーで、わずかに揺れるたびにきらきらと輝いている。周囲は天使の形を模したベルや、さまざまな形のオーナメントで埋め尽くされていた。

特別興味を持っていなくても、つい手を伸ばしたくなる。

記念になにか買っていこうか……？

しかし美術館の展示品を見た後では、どうにも目が肥えてしまって選ぶのに迷う。

相談してみようかと辺りを見回した洵は、将悟がレジの前で手提げ袋を受け取っているのを目にした。

「将悟さん」

注意しながらガラスの間を擦《す》り抜けて近づく。

「なにか欲しいものがあった？　一緒に会計するよ」

「いえ、……将悟さんはなにを？」

手提げ袋の中には、箱が入っているようだ。

「後で見せてあげる」

その後カフェでコーヒーを飲んでひと息つき、美術館を後にした車は、ススキが一面に広がる野原へと向かった。

見ごろにはいささか時期を過ぎていたが、それでも陽光を浴びて淡い黄金色《こがねいろ》に輝くさまはみごとなものだった。

広大な景色を目にして、洵は心が凪いでいくのを感じる。ただ自然の中に佇んで、それを見つめるだけの時間を持つなど、何年ぶりのことだろう。

日々慌ただしく流されるように過ごし、季節の移り変わりにも疎《うと》くなっていた。身の回りのことだけで精一杯で――。

しかし自分の悩みや不安など、とても些細《ささい》なものに思えてきた。

……そう。自分のために――、ふたりのために、これからを生きていくんだから。

――道は希望へ続いている。

「……来てよかった」

彼方《かなた》を見つめて呟くと、隣に立つ将悟が振り返る。

「そうだな……」

秋風が吹き抜け、ススキ野原全体が揺れた。ヴェネチアングラスにも負けない輝きに包まれ、洵は深く息を吸い込む。

「風が冷たい。行こうか」

そっと伸ばされた腕の中で洵は身を返し、将悟の肩を引き寄せた。

「洵――……」

目を瞠る将悟に、一瞬のキスを贈る。

「……また驚いた？」

微笑みかけ、先に立って歩き出す。

車に乗り込むと、将悟は先ほどのミュージアムショップの紙袋を取り上げた。

箱のふたを開けると、並んだゴブレットが現れる。ダイヤモンドポイントと呼ばれる、ダイヤを先につけたペンシルでガラスの表面に彫刻を施す技法で、ツタを絡ませた花が描かれていた。

本来の華奢《きゃしゃ》な脚の両脇部分に、青いイルカのモチーフが溶接されている。たしかウィングステムという装飾脚だったと、洵は美術館で仕入れたばかりの知識を思い出した。

「これ……」

とてもよく似たものを、展示品の中で見た記憶がある。

「レプリカだけど、手作り品だそうだ」

将悟の手から、慎重にグラスを受け取った。繊細な彫刻と、優美なポーズで静止するイルカの目にしみるような青さが、洵の目を奪う。

「ひとつずつ持っていよう。そして再会したら……これで乾杯しよう」

特別な記念日を祝うグラス——。先刻の洵の言葉が、このプレゼントに繋がったのだろうか。

「……じゃあそのときには、エノテークを用意します」

洵と将悟は空のグラスにススキの黄金色を映し、そっと涼やかな音を鳴らした。

END

こんにちは、浅見茉莉です。

この本をお手に取っていただき、ありがとうございます。


医者ものはいつか書いてみたいと思っていましたが、同時に敬遠もしていました。

白衣のストイックな雰囲気や、いわゆるエリートに分類される職業イメージはとても魅力的だけれど、医療に関する記述が大変そうだなあ、と。

それを書いてしまったのは、その気にさせるのがうまい担当女史によるところが大きいですが、医者ものというよりもメロドラマをテーマにしましょうと言われたからでもあります。なぜかこれで、医者もの＝むずかしいというプレッシャーがだいぶ減ったんですね。

しかし今度は、メロドラマってどんなの？　という壁があったわけですが。とにかくドラマティックを目指してみました。

主人公の将悟と洵は、医者だからと言うわけではありませんが、いつになく真面目なカップルになりました。特に将悟の、真っ直ぐを通り越して不器用なほどの猪突猛進ぶりは、三十を過ぎた男としてはどうよという気もしなくはありません（笑）。

相手が洵だったからこそ成就しましたが、あのまま環と結婚していたら、いいように尻に敷かれたか、いずれ愛想を尽かされたかも？

また、初の連載という形式での発表でしたので、全体の流れや配分など、勉強させていただきました。反応が返ってきてから続きが書けるというのも、新しい経験でした。

ちなみにこの本には第二回までが収録されています。二巻は来年刊行予定ですので、そちらもよろしくお願いいたします。

イラストの高永ひなこさんには、とても魅力的なキャラクターを描いていただきました。毎回のトビラの、白衣が脱げかけて肌見せしている洵が楽しみでした。

医療関係の記述をチェックしてくれた、医大生びびにもお世話になりました。いよいよ最終学年で大変だと思いますが、いいお医者さんになってくれると確信しています。

担当のY田さんを始め、制作に関わってくださった方々もありがとうございました。

そしていつもご声援くださるみなさんにも、感謝しています。ぜひ感想などお聞かせください。

それではまた、どこかでお会いできますように。

二〇〇五年　春　　　　浅見茉莉　拝

close up!!

将悟の歩んできた道

東京都国分寺市出身。教師の父と専業主婦の母の間に生まれる。二つ上の兄と六つ下の弟との三人兄弟。中学生の時に母が手術を受け、医者という職業に興味が湧く。高校時代は医大を目指しながら水泳にも打ち込んだ。名門である英啓大学医学部にストレートで入学。

成和病院の沿革

洵の祖父の代に、東京都世田谷区に開院。朝霞家は江戸時代から代々医師を輩出している家系である。現在の院長である泰仁氏は、心臓外科の名医として大学病院などで活躍した後成和病院を継ぎ、さらなる拡大に着手。現在、診療科は12、病床数は300。

大公開!!　将悟＆洵　Doctor's life

将悟		ふたり		洵
出勤				夜勤明け
	8:00	ふたりで朝のコーヒータイム♥ 将悟→いつもブラック 洵→夜勤明けなのでココア	8:00	
				朝の病棟回診
	9:00			
			9:30	
オペ				
				一般外来診察
	12:00			
院内勉強会				
	13:00	食堂で一緒に昼食 一緒にとれるのは珍しい。今日は、将悟がカレーライス（大盛）とサラダ、洵がおそば＆デザートにみつまめ。	13:00	
	14:00		14:00	
				検査
			15:00	
オペ				
				書類整理
			16:30	
				午後の回診
	17:30	院内スタッフと術前カンファレンス	17:30	
	18:30		18:30	
後患者の容態確認				院長と打ち合わせ
	19:30	患者に術前説明 執刀医の将悟と主治医の洵が同席し、どのような手術を行うかをわかりやすく説明して患者さんの不安を解消。	19:30	
	20:30		20:30	
休憩				研修医の指導
	21:30			
			22:00	
				帰宅
救急外来診察				
	24:00	携帯でおやすみメールのやりとり	24:00	

message from 浅見茉莉先生

怒濤のメロドラマ展開も、激しいばかりの告白→Hも、
平凡な私は気を抜くとキャラにおいてきぼりにされます。
我に返らず書き上げるのがポイントかも（笑）
医療記述の参考になればと、某医療ドラマを見ましたが、
のっけからヘリの中でサバイバルナイフを使って切開、さらに
ワイヤーハンガーのビニールチューブを突っ込んで気道確保の
荒ワザに、ひ〜〜〜っっとなりました。別の意味で激し
すぎる…；でも、せっかくならやらせたい…かも？
ということで、2巻ではそんな神技救命シーンがあるかも
しれません。ふっふっふ…
浅見茉莉

message from 高永ひなこ先生

裏話;;
描き下ろしイラストのラフのお返事をいただいた時のこと。

今日〜浅見先生が打ち合わせにみえてー
きゃっきゃっ
きゃっ
ラフの体位が可能かどうかみんなで検証したんですよ〜
ここのへんが岩場で―
想像↑

そんな楽しそうなへんしゅうぶに私もあそびに行きたいと思いました。
高永ひなこ

◆初出一覧◆
白衣は愛に染まる　／小説b-Boy '04年10月号、'05年1月号掲載
白衣は愛に浸る　／書き下ろし

ビーボーイノベルズをお買い上げいただきありがとうございます。
この本を読んでのご意見・ご感想をお待ちしております。

〒162-0825 東京都新宿区神楽坂6-46
ローベル神楽坂ビル7階
㈱ビブロス内
BBN編集部

BBN B●BOY NOVELS

白衣は愛に染まる

2005年6月20日 第1刷発行

著者――浅見茉莉
©MARI ASAMI 2005
発行者――牧 歳子
発行所――株式会社 ビブロス
〒162-0825 東京都新宿区神楽坂6-6-7Fビル3F
営業 電話03(3235)0333 FAX03(3235)0510
編集 電話03(3235)7806
振替 00150-0-360377
印刷・製本――大日本印刷株式会社
乱丁・落丁本はおとりかえいたします。
定価はカバーに明記してあります。
この書籍の用紙は全て日本製紙株式会社の製品を使用しております。

nted in Japan
BN 4-8352-1750-0